男装令嬢とふぞろいの主たち

羽倉せい

20626

角川ビーンズ文庫

CONTENTS

A wearing men's clothes daughter and uneven masters

Characters
男装令嬢とふぞろいの主たち
ジル・
シルベスター
シルベスター男爵家の
長女、18歳。
貧乏な家の助けになろうと、
銀王宮で働くことを
決める。
ライナス・
オーウェン＝
ロンウィザー
絵画・ステンドグラスの才を持つ
"幻想の守護者《マスター》"。侯爵。
静謐な雰囲気を漂わせる美青年。
ジルに興味を持ち、なにかと
ちょっかいをかけてくるが……？
イラスト：天野ちぎり

アンドリュー・スタンリー＝ベイフォード

デイランド王国の服飾の流行を創るとも言われる
“女神の守護者《マスター》”。公爵。
美しいものを愛する洒落者。

カーティス・スタン＝ラングレー

建築とその装飾に秀でた“異端の守護者《マスター》”。伯爵。
芸術家よりも騎士のような容姿。

レイモンド・バクスター

音楽・文学の才能をもつ。デイランドが誇る知の宝庫、
“知の守護者《マスター》”。子爵。
気色悪いぬいぐるみをコレクションしているという噂が……？

デイランド王国

四大天使を崇め、文化と芸術の国として知られる。
王都にあるキルハ王宮は“銀王宮”と呼ばれ、
国王から特別に目をかけられた
4人の芸術家【四大守護者《マスターズ・オブ・アーツ》】がアトリエをかまえる。

本文イラスト／天野ちぎり

序章　魔術師のステンドグラス

五年前の春、父親とともに王都へ赴《おもむ》いたことがある。

暗い曇天《どんてん》から雨が降るなか、用事を終えた父親を連れて、ジルはその場所を訪《おとず》れた。

遠い昔、国王の建国に助力したとされる、四大天使を讃《たた》えたエルシャム聖堂。

三百年前に建ったとされる石造りの聖堂は、修復作業が行われていた。それが終わったという新聞記事を知っていたため、どうしても見ておきたかったのだ。

周囲の景観を損《そこ》なわない、荘厳《そうごん》かつ控《ひか》えめな装飾《そうしょく》。両開き扉《とびら》の周囲や柱、アーチ状の窓枠《まどわく》にまで、優美な曲線の蔦《つた》と花々の彫《ほ》り物が施《ほどこ》されていた。目にした者を慰《なぐさ》めてくれる、穏《おだ》やかな優《やさ》しさに満ちた聖堂に足を踏《ふ》み入れた瞬間《しゅんかん》、ジルはその美しさに言葉を失った。

（きれいな聖堂……！）

ベンチの間に立つ柱の頭部には、爪《つめ》ほどの小さな花々が繊細《せんさい》に彫り込まれ、ドーム形の高い天井《てんじょう》――クーポラを支えるかのように、その蔦が伸《の》びていく。そのクーポラには、花紋様《もんよう》に囲まれた大きな天窓があった。ジルは帽子《ぼうし》のつばを上げて、瞳《ひとみ》をきらめかせた。

「お天気がよかったら、あそこから光が降りそそぐのね。素敵《すてき》だわ……！」

「雨で残念だが、素晴《すば》らしい聖堂だな」

「本当ね。ここの修復には、建築家のラングレー伯爵《はくしゃく》様が携《たずさ》わったんですって。細部にわたって手が加えられてあるわ。なんて美しいの」

さらにジルを驚《おどろ》かせたのは、祭壇《さいだん》の左右に輝《かがや》く四枚のステンドグラスだ。絵画のごとく繊細に描《えが》かれた、等身大の天使。色鮮《いろあざ》やかな色彩《しきさい》と細やかな紋様が、その姿をいきいきと際立《きわだ》たせていた。ステンドグラスに吸い込まれるように、ジルは父親から離《はな》れて身廊《しんろう》を歩いた。

(もしもいま手を触《ふ》れたら、天使たちが空へ飛び去ってしまいそう……)

ステンドグラスを手がけたのは、ロンウィザー侯爵《こうしゃく》と記事にあった。だが、いま目にしているそれが普通《ふつう》の人間の手から生まれたものだなんて、ジルにはとうてい信じられない。

(そうよ、これは──)

──魔術師《まじゅつし》が生み出したものよ。

父親にそう言おうとして振《ふ》り返った瞬間、最前列のテーブルの片隅《かたすみ》に人影《ひとかげ》を見つけた。

ベンチに座って深くうつむき、片手で顔を覆《おお》っている。そのため顔は見えないが、すらりとした姿体から青年であることが察せられた。

テーブルにはミモザの花束。泣いているのか小刻みに肩《かた》を震《ふる》わせており、雨に濡《ぬ》れた黒髪《くろかみ》や上着から、水滴《すいてき》がしたたり落ちていた。その服装は、黒一色。ジルははっとした。

──不幸が、あったのだ。

きっと哀《かな》しみを慰めてほしくて、傘《かさ》もささずにここへ来たのだろう。

出過ぎた真似《まね》かもしれないと迷ったが放《ほう》っておけず、ジルはイニシャルが刺繡《ししゅう》されたハンカチをスカートから取り出す。装飾文字に四つ葉が添《そ》えられたその刺繡は、王都までの道のりが無事であるようにと、母親が愛情を込めて青い糸で針を刺《さ》してくれたものだ。お守りにしていたが、ほんの少しでも青年の慰めになればと思い、そっと彼に近づきテーブルに置いた。

「あの……風邪《かぜ》をひいてしまいます。差し上げますから、どうぞ使ってください」

彼の息づかいが一瞬止まり、ゆっくりと顔から手を離していく。と、父親がジルを呼んだ。おせっかいに気恥《きは》ずかしさを感じたジルは、青年の顔をたしかめることなく、小さくお辞儀《じぎ》してその場を離れた。

身廊を渡り、父親と並んでベンチに腰掛《こしか》け、四大天使に祈《いの》りを捧《ささ》げる。時間をかけて祈り終えると、父親が優しく笑《え》んだ。

「お前のおかげで素晴らしいものが見られた。なにがあっても家族仲良く支え合って生きていけたら、なんとかなる。あのステンドグラスを見ていたら、そう思えてきた」

「ええ、私もそう思うわ。あれは魔術師が生み出した魔術よ、お父様。私たちに生きていく力を授《さず》けてくれるの」

「善き魔術師の生み出した、慰めの魔術か。母さんやソフィにも見せてやりたかったな」

田舎《いなか》で待つ母親と妹を思い出し、ジルは父親と顔を見合わせて微笑《ほほえ》んだ。そうしてから、ふと青年のいたベンチを視界に入れる。いつの間にか、姿は消えていた。去り際《ぎわ》、もう一度ステンドグラスを近くで鑑賞《かんしょう》してから、青年が座っていたテーブルを見ると、ジルのハンカチもなくなっている。使ってくれたようだ。

小さく笑んだジルは、哀しみを抱《いだ》く人々に寄り添うこの場所を、名残《なごり》がないよう隅々《すみずみ》まで見《み》渡《わた》した。同時に、心の底から思った。

芸術は、現実の世界から夢の世界へと連れ出し、心を優しくしてくれる。どんなに辛《つら》いことがあっても寄り添って慰め、ときに乗り越《こ》える力を授けてくれるのだ。

――こんな芸術のそばにいられたら、どんなに幸せだろう。

そう思ったとき、雨音が止《や》んだことに気づく。やがて、天窓から淡《あわ》い光が降りそそいだ。

「四大天使様が祝福してくれたな。きっといいことがあるぞ」

父親の言葉に、十三歳のジルは満面の笑みでうなずいた。

ジルがこのとき目にした、聖堂やステンドグラスを生み出した芸術家たちは、のちに二名の芸術家とともに、銀王宮にアトリエをもつことになる。

芸術の威厳《いげん》を広め、守護するという意味を込めて、国王陛下は彼らをこう名付けた。

――銀王宮の四大守護者《マスターズ・オブ・アーツ》。

第一章　銀王宮の四大守護者

デイランド王国の王都キルハより、列車と馬車で四日もかかる小さな田舎町での暮らしは、ジルにため息しかもたらさない。

自室の窓から見える小高い丘《おか》には、五年前まで暮らしていた屋敷《やしき》が建っている。あの屋敷を手放したおかげで、賭博《とばく》好きだった亡《な》き祖父の借金は返せたものの、親族へのそれらがまだ残っており、男爵家とは名ばかりの暮らしはいまだ続いていた。

ふと視線を庭へ向けると、母親が居間に飾《かざ》る花を摘《つ》み取っている。モスリンの古いドレスは、鮮《あざ》やかな色味をすっかり失っていた。と、立ち上がった母親が振り返り、ジルを見上げて柔《やわ》らかく微笑む。ジルは窓を開けた。

「お母様、チューリップきれいね！」

「ええ、オレンジ色のチューリップがよく育ったわ。あなたのお部屋にも飾る？　お部屋が明るくなるわよ」

「あとで自分で摘むわ。ありがとう」

そう笑顔で答えてから、本を広げて窓枠に腰掛け、ジルはふたたび屋敷を遠目にした。

生まれたときから貧しかったから、きりつめる生活には慣れている。それでもこんなときには、裕福《ゆうふく》だったらと思わずにはいられない。

「お姉様、なにを見ているの」

部屋に入ってきた妹のソフィの声に、ジルは本を閉じて笑みを返した。

「べつになにも。いい天気だなあって、思っていただけ」

〝舞踏会《ぶとうかい》の花〟と噂《うわさ》される十五歳のソフィは、若いころの母親似で愛らしく、愛玩《あいがん》人形そのままの容姿だ。ふっくらとしたブロンドの髪に、長いまつげに彩《いろど》られた緑色の瞳。小柄《こがら》で華奢《きゃしゃ》な姿は、誰《だれ》が見てもうっとりするほど可憐《かれん》で愛らしい。

一方、十八歳のジルはといえば、父親似の赤毛で痩《や》せ気味なうえ、身長が女性にしては高かった。妹と同じ色の澄《す》んだ瞳は大きいが、きりりとしており、聡明《そうめい》さをうかがわせるのと同時に、生意気そうに見えなくもない。無垢《むく》な愛らしさが女性に求められる田舎町では、ジルの容姿は誰の目にも規格外に映っていた。

――常に冷静で本ばかり読んでいる〝壁《かべ》の花〟。

そう噂されるジルを、持参金がなくとも娶《めと》りたいと切望する紳士《しんし》は皆無《かいむ》だった。だが対照的な妹には、婿《むこ》になってもいいという候補者がいる。

恋《こい》や結婚《けっこん》は、相手との縁《えん》があってのことだ。自分にはまだ訪れないだけ。いや、もしかしたら生涯《しょうがい》訪れることはないのかもしれない。もしもそうであるのなら、その運命をまっとうしようと、ジルは密《ひそ》かに心に決めていた。

だからこそ仲良く育ったソフィには、なに不自由なく幸せになってもらいたかった。せっかく訪《おとず》れている縁を、大事に育ててほしいと見守っていたのだ。……それなのに。

「一月後《ひとつき》、モーガン家のお屋敷で舞踏会が開かれるでしょ？　それで、あなたにドレスを作ってあげたいと思っているんだけれど……」

新しい生地《きじ》を手に入れるための、先立つものがない。ため息をつくジルに、ソフィは朗《ほが》らかに微笑んだ。

「行かないわ。お姉様だってそうでしょ？　一緒《いっしょ》に物語でも読んでいましょうよ、ね？」

「そんなのダメよ。ケニー・モーガンに誘《さそ》われているじゃない。断るなんて許さないんだから」

からかい気味にジルが笑うと、ソフィはポッと頬《ほお》を赤くした。材木を扱《あつか》うモーガン家は、この町で一番裕福だ。次男のケニーは気だてのいい好青年で、ソフィも彼に好意を抱いている。きっと楽しくなる二人の夜を、ドレスごときでぶち壊《こわ》すわけにはいかない。

「とにかく、あなたは行かなくちゃ。ドレスは私がなんとかするから」

「だけど……お姉様はどうするの」

肩をすくめたジルは、にっこりして言う。

「もちろん、私は行かないわ。行ったところで私と踊《おど》ってくれるのは、お父様だけだもの」

その日の夜、ジルは亡き祖母のお下がりのなかで、もっとも上等なドレスに鋏《はさみ》を入れた。そうしながらも考えてしまう。自分が独身でいるのは、しかたのないことだ。でも相手のいるソフィには、恥《は》ずかしい思いをさせたくない。

持参金は無理でも、いつか結婚するソフィのために、誰よりも美しいウエディングドレスを用意してあげたい。母親にも、新しいドレスを着てもらいたい。

(家族を支えるために、やっぱり働きたいわ……)

貴族の令嬢《れいじょう》が尊厳を失わずに済む職業は、教師だけだ。そうなる覚悟《かくご》は、もうできている。

この国でその資格を得るには、二つの道があった。一つは女学校を卒業することだが、金銭面で諦《あきら》めざるをえない。もう一つは、科目に添《そ》った道を極《きわ》めている著名な人物に、一年間無給で従事して認められ、資格証明書をもらうことだ。しかしこれにも、挨拶《あいさつ》代《が》わりの多額な謝礼金が必要だった。

(なんとかならないかしら……)

手を止めて嘆息《たんそく》したとき、ドアがノックされる。入ってきたのは父親だった。まだ起きていたのかと、父親は目を丸くする。

「舞踏会に着ていくソフィのドレスを、作ろうと思って」

父親は哀しげに笑《え》んだ。貧しいこと、男性に見向きもされない長女を慮《おもんぱか》っていることが、細められた眼差《まなざ》しから伝わってくる。切なくなったジルは、父親を元気づけたくて笑ってみせた。

「モーガン家での紳士の集まりは、楽しかった？」

「まあ、そこそこにはな。王都から陸軍士官の親族が来ていて、アイリーン王女殿下《でんか》と隣国《りんごく》イルタニアの王太子殿下との婚約式のために、銀王宮は活気にあふれていると聞いた」

「華《はな》やかね、素敵《すてき》だわ！」

「そうだな。それから、彼が知人から聞いたという噂も教えてもらった。銀王宮の〝四大守護者《マスターズ・オブ・アーツ》〟が、助手を欲《ほっ》しているらしい。なにやら次々と辞《や》めていくんだそうだ」

〝銀王宮〟と呼ばれるキルハ王宮には、国王から特別に目をかけられた四人の芸術家が、三年前から独自のアトリエをかまえていた。この国の隅々にまで芸術を広め、また守護するべく、一年の半分近くをそこで過ごしているという。

まさしく、芸術界のエリート。デイランドが誇《ほこ》る――芸術の守護者たちだ。

「お父様、五年前に見たエルシャム聖堂を覚えてる？　あの修復を手がけたラングレー伯爵《はくしゃく》様と、ステンドグラスを創《つく》ったロンウィザー侯爵《こうしゃく》様が、〝四大守護者《マスターズ・オブ・アーツ》〟のうちの二人よ」

あれからジルは芸術熱に浮《う》かされて、貸本屋へ行くたびに芸術雑誌を借りては読み漁《あさ》ってきた。少しばかりスケッチも嗜《たしな》んだが、生み出すことよりも鑑賞したり学ぶことのほうが好きだと気づき、密かな夢を抱くようになっていた。

――いずれ教師になるのなら、美術教師になりたい。

しかし、金銭面でその道は途絶《とだ》えたままだった。

手の届かない思いを消すことができず、〝四大守護者《マスターズ・オブ・アーツ》〟の新聞記事を見つけるたびに、スクラップしている。名誉《めいよ》ある記事のなかには、不名誉なゴシップ記事も紛《まぎ》れていたため、助手が辞めていくという謎《なぞ》も推理できた。

ステンドグラスと絵画の第一人者、ライナス・オーウェン＝ロンウィザー侯爵は、社交界一の遊び人として、ゴシップ記事の常連なのだ。そんな彼を奪《うば》い合う女性たちが、血みどろの争いを繰《く》り広げているとかいないとか。父親にそう説明し、ジルは続けた。

「そんな人だもの。きっと呆《あき》れて愛想《あいそ》をつかした助手が、次々に辞めていくんだわ」

聖堂のステンドグラスはあんなに美しかったのに、才能と人柄《ひとがら》は別なのだろう。

（でも、そんなのは些末《さまつ》なことだわ。彼や彼らがどんな人柄であったとしても、私なら絶対に辞めたりしないのに）

過去の助手たちを羨《うらや》ましく思う。彼らの助手になれたなら、あの素晴《すば》らしい芸術のそばにいて、美術教師の資格が得られるのだから。

「……彼らの助手も、芸術家の卵だったりするのかしら。お父様、知ってる？」

なにげなくそう訊《たず》ねると、父親は苦笑した。

「なり手がよほどいないのか、そうでもないらしい。条件はたしか……貴族の子息であること。それから頭の回転が早いこと、だったかな」

「頭の回転？　ヘンな条件ね。探偵《たんてい》の真似事《まねごと》でもさせるのかしら」

ジルが冗談《じょうだん》めかすと、ベッド脇《わき》の椅子《いす》に腰掛《こしか》けた父親はにこやかに微笑《ほほえ》む。

「もしもお前が男だったら、素晴らしい助手になれただろう。謝礼金も必要ないそうだしな」

（――えっ！　謝礼金は必要ない？）

驚《おどろ》くジルを尻目《しりめ》に、父親は「冗談はこれくらいにしよう」と腰を上げた。早く眠《ねむ》りなさいと付け加えつつ、ジルの肩《かた》に手を添えてからドアに向かっていく。

「……お父様、待って。彼らの助手になるための、謝礼金はいらないの？」

「そう聞いたぞ。謝礼金には、丁寧《ていねい》に教えることや生活の責任を負うことを、約束させる意味がある。それを放棄《ほうき》しているということは、いっさいの責任を持たないと公言しているのと同等だ。おそらく、彼らから芸術に関することは、なにも教えてもらえないのだろう。彼らの助手は、自分で自分の責任を取り、自ら学ばなくてはならない。誰も頼《たよ》れないということだ」

ジルは納得《なっとく》した。とはいえ、彼らは著名人のなかの著名人。一年従事すれば、確実に美術教師の資格が得られる。しかも、お金はいっさいかからないのだ。そのうえ。

「助手の生活の責任を負わないということは……もしかして、お給金がもらえるのかしら」

「もちろんだ。彼らから、二週間ごとにな」

ジルは目を見張った。

（助手として従事しながら、家族を支えることができるなんて、最高だわ！）

「その……助手になるためには、どうすればいいのかしら。試験はあるの？」

「ないようだ。毎週水曜日の午後、銀王宮で面接をしているらしい」

恋愛沙汰《れんあいざた》がどうであろうとも、芸術や文化を重んじるこの国で、彼らは誰《だれ》よりも尊敬されている。そんな彼らに従事できたら、夢を現実にできるのだ。ジルは胸を熱くした。

（お給金をいただきながら、美術教師の資格も得られるのよ！）

こんな一石二鳥の機会は、二度とないだろう。ただし、問題がある。

――彼らの助手は、男性でなければならない！

ジルは微動《びどう》だにせずに考えた。そんなジルを、父親がいぶかしむ。

「ジル、どうした？」

「……お父様。教師になって働きたいって、私が前に話したことを覚えてる？」

「もちろんだ。だが……本当にすまなかったな、ジル。この町で一番賢《かしこ》い娘《むすめ》のお前を、女学校へ通わせてやることができなかった」

近づいてきた父親が、ジルの肩に両手をそっと置いた。

「ううん、それはいいの。だけどやっぱり私、働きたいわ。できることなら美術教師になって働いて、家族を支えたい。そのための資格がどうしても欲しいの。だから、お父様――」

ジルは父親の目をまっすぐに見返した。

「――私を〝息子《むすこ》〟として、銀王宮に行かせてくれない？」

その言葉の意味を察した父親は、笑みを消して瞠目《どうもく》した。

「なにを言う。バカげたことを言うな」

「わかってるわ。銀王宮に行ったって、彼らの助手になれると決まってるわけじゃない。だけどこれは私にとって、二度とない機会よ。それに賭《か》けてみたいの」

王都に親族はいない。銀王宮は馬車から見たことがあるだけだ。田舎町《いなかまち》のごくささやかな領地をおさめる男爵家なのだ。その家の内情を詮索《せんさく》する暇《ひま》など、国の中枢《ちゅうすう》の場にいる人々にあるとは思えない。

裁判所の刻印が入った貴族証明書には、〝シルベスター男爵家の者と証明す〟という一文が記されているだけ。ジルという名前は男性でも珍《めずら》しくはないから、偽名《ぎめい》を使わずに済む。うまく立ちまわれば、不可能なことじゃない。父親にそう説明して、ジルは続けた。

「私のことは〝知人に預けた〟とでも言っておいて。それ以上誰も詮索しないでしょう。助手になれなければ、すぐに帰って来るって約束します。なれたとしても、一年経《た》ったら教師の資格を得て必ず戻《もど》って来るわ」

お前は女なのだぞと、父親は声を荒《あら》らげた。正体を隠《かく》す危険は、家族にも及《およ》ぶからだ。ジルはうなずいた。

「もしもなにか知られたときには、私と縁《えん》をきって」

父親の憤《いきどお》りが痛いほど伝わる。それでもジルは頑《がん》として譲《ゆず》らなかった。

「ねえ、お父様。わかって。私は働きたいの。このままなにもせずになんていられないのよ」

ジルの懇願《こんがん》に、父親は悔《くや》しげに目を眇《すが》めた。

「ジル、お前の気持ちは嬉《うれ》しい。だが教師になるということは、この国では生涯《しょうがい》独身でいると決意した令嬢《れいじょう》を、意味するのだぞ？」

「たとえそうであったとしても、家族を支えられるのなら、私はかまわないわ」

ジルはいままで誰からも、小さな花束すら贈《おく》られたことがない。ずっと独身かもしれないと、口にしそうになってやめた。まだかすかな希望を、抱《いだ》いていたかったから。

「……お前は誰よりも賢くて聡明《そうめい》だ。そんなお前に、この町の若い紳士《しんし》たちは怖《お》じ気づいてしまうのだよ。けっしてお前に、魅力《みりょく》がないわけじゃない。むしろその逆だ。わかるね？」

「ありがとう。親の贔屓目《ひいきめ》だとしても、最高の褒《ほ》め言葉だわ」

苦渋《くじゅう》の表情で、父親は嘆息《たんそく》した。

「とはいえ、お前の現実離《ばな》れした提案に、首を縦に振《ふ》るわけにはいかないな。どうしたんだ、ジル。思慮《しりょ》深いお前らしくないぞ」

「ええ、そうね。でも、教師の資格を得る方法がそれしかないのなら、無謀《むぼう》にもなるわ。それに彼らの助手になれたら、そのときからお給金がもらえるんだもの。こんなに嬉しいことはないわ！　お父様、これが最初で最後のわがままだと思って、どうか許して。家族を支えるために、お願いだから行かせて！」

ジルの必死の訴《うった》えに、父親は息をのんだ。一度もわがままを言うことのなかった娘を、不憫《ふびん》に感じているのが手に取るように伝わる。

「……お前の気持ちはわかる。しかし正体を隠す心配よりも、嫁入《よめい》り前の娘が四人の紳士と寝食《しんしょく》を共にすることのほうが気がかりだ。親として心配するのは、当然のことだろう」

ジルは明るく笑った。

「大丈夫《だいじょうぶ》よ、お父様。私は男性として行くのよ。誰も私のことなんて、気にも留めないわ」

ため息をついた父親は、ソフィや母親には内緒《ないしょ》のまま、しばらく時間をくれとつぶやいた。

「お前にこんなことを言わせるなんて、ほとほと自分が情けなくなるな」

「誰のせいでもないわ……って、お祖父様《じいさま》のせいね。でも苦労させられたけれど、お祖父様のこと好きだったわ。豪快《ごうかい》で楽しくて」

ジルの言葉に、父親は「私もだ」とささやき、やっと小さく笑《え》んだ。

「ねえ、お父様。男性になりすますのって、悪いことばかりじゃないって思わない？　いいことだって、ちゃんとあるわよ」

なんだい？　と父親は切なげに聞く。ジルは笑顔で言った。

「切った髪《かみ》を売ったら、ソフィのドレスの生地《きじ》が買えるわ」

連日の説得が功を奏した一月半後《ひとつきはん》、ジルは二度目となる王都キルハの地を踏《ふ》んだ。

きらめく春の日射《ひざ》しに目を細めながら、トランクを手にして王宮への道のりを急ぐ。

石畳《いしだたみ》の通りに連なる街路樹は芽吹《めぶ》き、清々《すがすが》しい風に枝葉を揺《ゆ》らす。石造りの優美な建造物が立ち並ぶ通りを馬車が行き交《か》い、日傘《ひがさ》をさした女性たちがゆったりと歩き過ぎて行く。

賑《にぎ》やかで華《はな》やかな通りを、ジルは急いだ。そうしながら、窓に映る自分の姿を横目にし、ときおり立ち止まる。

耳もうなじもすっきりとあらわになった、短い赤毛。髪型のせいか瞳《ひとみ》の色がいっそう際立《きわだ》ち、なかなかに魅力的な青年に化けている。男性にしては小柄《こがら》で細身な中性的な姿体に、サイズを合わせた父親のお下がりが妙《みょう》に様になっていた。

うっかり女性言葉が出ないよう、一人称《いちにんしょう》は〝僕〟と決めている。愛読している物語の紳士を真似《まね》ながら、日夜ソフィを相手に練習してきた。そんな妹や母親のことを思うと、心は痛む。別れ際《ぎわ》まで嘆《なげ》いていたからだ。

ジルは父親との約束を、頭のなかで何度も繰《く》り返した。

銀王宮ではなにがあろうとも、男性として生きること。

もしも正体が知られそうになったときは、教師の資格を諦《あきら》めてすぐに辞《や》め、戻ること。

（これは墓場までもっていく秘密よ。絶対に隠し通すわ）

そう強く誓《ちか》いながら、絵画のような美しい街並みを歩き続けること一時間。

近衛《このえ》兵の立つ白亜《はくあ》の門を前にしたとたん、しかしジルの決意は揺らぎそうになった。

王都の南東に位置する、広大な庭園。そのずっと奥に、〝銀王宮〟と謳《うた》われるキルハ王宮がそそり建つ。王族の住まう国の中枢、別世界だ。ジルはゴクリとつばをのんだ。

（前は馬車から見ただけだったけれど、やっぱりすごいわ。どうしよう……）

小さな村がすっぽりとおさまってしまうほどの敷地《しきち》を目前にして、ジルはトランクを持つ手に力を込めた。

（ううん、ここで怖じ気づいてどうするの。私が自分で決めたことよ。この門をくぐらなくちゃ、なにもはじまらない）

壮年《そうねん》の近衛兵と目が合い、貴族証明書を見せてから訪問の理由を伝えた。うなずいた近衛兵は、ジルを門のなかへ招いた。

「ようこそ。我が銀王宮へ」

四大天使を崇《あが》める、ディランド王国。

西は大国ロドナ帝国《ていこく》、東は宗教を同じくするイルタニア王国。二つの国に挟《はさ》まれたこの国は、文化と芸術の国として他国に知られていた。

銀王宮をはじめ壮麗《そうれい》な建築物がいたるところに点在し、それに負けじと庶民《しょみん》の暮らす家々までもが、細やかな装飾《そうしょく》に彩《いろど》られた石造り。実際この王都は、目にするすべての景色が見事に調和し、天上界のごとき優美さを誇《ほこ》っていた。

さらに、現国王であるアンドレアス二世が即位《そくい》した十年ほど前から、大小の美術館が国中に増えた。その結果、国民の誰《だれ》もが気軽に芸術に親しむようになり、貧しい家庭でも居間に絵画が飾《かざ》られるほどに浸透《しんとう》していた。

芸術の才能があれば、国王が引き立ててくれる国。美を推進し、謳歌《おうか》するアンドレアス朝。

その一端《いったん》を担《にな》っているのが――銀王宮の〝四大守護者《マスターーズ・オブ・アーツ》〟だ。

近衛兵のうしろを歩きながら、ジルは門をくぐった。

白鳥が翼《つばさ》を広げるかのごとく築かれた、銀王宮。国への忠誠をしめす純然たる白の王宮は、流麗《りゅうれい》かつ誇り高く青空に映《は》え、日射しを浴びて銀さながらに輝《かがや》いていた。

近衛兵は慣れた足取りで、西翼《せいよく》へと歩みを進めていく。

薔薇《ばら》の彫刻《ちょうこく》がいたるところに施《ほどこ》された庭園。剪定《せんてい》された樹木や噴水《ふんすい》の合間には、女神《めがみ》や天使の彫像が配されている。廷臣たちが静かに闊歩《かっぽ》する姿を遠目にしながら、ジルは円柱に支えられた回廊《かいろう》に足を踏み入れた。

（なにもかも、雪みたいに真っ白！）

鏡のように磨《みが》き上げられた大理石の床《ゆか》に、靴音《くつおと》が小気味よく響《ひび》く。どこまでも続く回廊の奥に、開け放たれた両開き扉《とびら》が見えてきた。そこが、芸術棟《とう》──彼らの活動拠点《きょてん》だという。

「あそこです。ラングレー伯爵《はくしゃく》が面接します」

「わかりました。ありがとうございます」

「健闘《けんとう》を……祈《いの》っておいたほうがいいのでしょうな」

えっ？　とジルが訊《たず》ねる間もなく、近衛兵は妙に含《ふく》みのある語調を残して去った。なんだろう、この一抹《いちまつ》の不安は。いやいやただの気のせいだと、ジルが思い直そうとした矢先、芸術棟から一人の青年が飛び出した。

トランクを手にして、逃《に》げるように駆《か》けて来る。びっくりして立ち止まったジルに近づくと、

「まさか君、助手の希望者か」

ぜいぜいと肩《かた》で息をしながら、ずいっと詰《つ》め寄ってきた。

「ええ、はい。そうですが……」

「やめろ。悪いことは言わない、このまま帰ったほうがいい！　ラングレー伯爵はまともだし、マイペースなロンウィザー侯爵《こうしゃく》は他人に興味がないから放《ほう》っておいてかまわないが、彼を訪ねてくるご令嬢たちが恐《おそ》ろしいったらないんだ。俺は何度も平手打ちされた。それにな、もしも

恋人《こいびと》や姉妹がいたら、彼に紹介《しょうかい》しちゃダメだ。奪《うば》われるぞ! 現に俺は、幼なじみを奪われた。

ずっと片思いしていたのに……ああ、クソッ!」

あ然とするジルを尻目《しりめ》に、彼はまくしたてた。

「けどな、そんなのはまだ序の口だ。ほかの二人は本気で手に負えない。バクスター子爵は根暗で毒舌《どくぜつ》。おまけに男のくせに、古ぼけた気色の悪いぬいぐるみをコレクションしてる。そいつをバカにしたり、手でも触《ふ》れてみろ、首を絞《し》められて殺される! だが誰よりも最悪なのは、ベイフォード公爵だ。辟易《へきえき》するほど偉《えら》そうなうえに、身なりを整えていない奴《やつ》は悪魔《あくま》扱《あつか》いされて貶《おとし》められる。俺の自尊心はもうボロボロだ。革靴《かわぐつ》のこのちっさな傷がなんだっていうんだ。こいつを見つけられて、俺は三時間も説教された。三時間だぞ!」

言葉をきった彼は、うっと目に涙《なみだ》を浮《う》かべた。

「いいか、あそこの扉をくぐった瞬間《しゅんかん》から、味方はいない。誰もだ! 画家として引き立ててもらいたくてなんとか一週間勤めたが、もう俺はごめんだ。彼らの作品は素晴《すば》らしいし、いろいろあっても尊敬はしてる。けど、助手になんてなるもんじゃない。絶対に、もう二度と、ごめんだ!」

そう叫《さけ》ぶやいなや、嵐《あらし》のように走り去った。

「ちょっと、あの! もっと冷静に教えてください、待って!」

「引き止めるな! 自由だ、俺は自由だ――!!」

その絶叫《ぜっきょう》が、庭園にむなしくこだまする。ジルは呆然《ぼうぜん》とした。

(……なにごとなの⁉)

とにかく、個性的な四人だということだけは伝わった。いや、少なくとも一人は常識人か。名誉《めいよ》ある立場だというのになり手がいないだなんて、なにかあるのだろうと覚悟《かくご》はしていたのだが。

(ロンウィザー侯爵様のゴシップ記事は、やっぱり真実なんだわ。ほかの方々も気難しそう)

さて、どうしよう……なんて考えている余裕《よゆう》は、ジルにはない。

(山ほど説得してわざわざここまで来たのに、面接もしないで帰るなんてできないわ)

旅費だって工面してもらったのだ。とにかく、会ってみて自分の目でたしかめなければ。

ふう、と深呼吸をしたジルは、歩き進んで両開き扉の奥に入った。

純白の世界は一転、重厚《じゅうこう》な気配が満ちる。権威《けんい》ある美術館といった風情《ふぜい》で、床は漆黒《しっこく》の大理石。吹《ふ》き抜《ぬ》けのロビーは広く、真正面には、草花のテキスタイルが華やかかつ上品な絨毯《じゅうたん》敷きの大階段。ルビー色の壁《かべ》一面に、さまざまな額縁《がくぶち》におさまる絵画が飾られ、シャンデリアが下がる高い天井《てんじょう》には、空を舞《ま》う天使が描《えが》かれていた。個性の強いそれぞれが見事に調和している。ほのかに漂《ただよ》う、油絵の具の香《かお》り。アンドレアス朝の美を牽引《けんいん》する場に圧倒《あっとう》されながら、ジルは無数の絵画を見上げた。

田舎町《いなかまち》にも二件の美術館があり、無料の展覧会にはよく通った。趣味《しゅみ》や手習いが高ずる人々の作品が展示されていて、ひたすら感心したものだ。

けれど、いま。壁に飾られている大きな風景画、果物や花々の色どりの瑞々《みずみず》しさに、ジルは目の覚める思いがした。

（いままで私が見てきたものと、全然違《ちが》う……！）

心の底から感嘆《かんたん》した直後、絨毯に沈《しず》むかすかな足音が大階段の奥から聞こえた。はっとしたジルは、顔をそちらに向けた。

階上に、一人の男性が立った。年の頃《ころ》は三十代前半。紳士《しんし》然とした上品な身なりで、少し日焼けした精悍《せいかん》な顔立ちに、栗色《くりいろ》の短髪《たんぱつ》がよく似合う。どことなく野性的な気配を滲《にじ》ませており、芸術家というよりも、剣《けん》の腕《うで》に長《た》けた近衛師団の団長のような雰囲気《ふんいき》だ。

「一人か。上等だ」

そう言うと、大階段を下りて来た。面接をしてくれるらしい彼が、〝異端《いたん》の守護者《マスター》〟との異名を持つ、カーティス・スタン＝ラングレー伯爵だろう。

曾祖父《そうそふ》は、この銀王宮の建築と装飾に携《たずさ》わったという、建築界のエリートだ。祖先が培《つちか》ってきた才覚と技術をあますところなく受け継《つ》いだ彼の設計は、しかし複雑かつ難解。簡素になりがちな石造りを、自然界の草花が生み出す優美さで包み込むための緻密《ちみつ》なそれは、これまでの常識をはるかに超《こ》えるものらしい。

美を生み出すための、〝異端〟な設計。それを実現させる職人たちは、高給を得る代わりに汗《あせ》と涙を流しているという。

　職人泣かせの〝異端の守護者《マスター》〟。その彼が、ロビーに下り立つ。

「ジル・シルベスターと申します。今日は助手の面接に……」

　来ました、と言うよりも早く、つかつかとジルに近寄った伯爵は、探《さぐ》るように眼光を強めた。

「女か？」

　もうバレた⁉　ぎょっとしたジルが否定しようとした矢先、掌《てのひら》を広げた伯爵は、その指先をジルの前髪《まえがみ》にぐいっと差し入れた。

「わっ！」

（い、いきなりなにをするの⁉）

　愕然《がくぜん》としてのけぞると、伯爵はジルの前髪を挟《はさ》み上げたまま、ニッと笑った。

「カツラじゃないな。ちょうど一人辞《や》めたところだ。いいだろう、合格」

「えっ……え⁉」

　合否の決定が早すぎる！　伯爵はジルの髪《かみ》から手を離《はな》した。

「ど、どういうわけですか？　ご説明をお願いいたします！」

「お目当ての侯爵殿《どの》といちゃつくために、カツラで男装したご令嬢《れいじょう》が来ることがあるのでね。華奢《きゃしゃ》なお前を目にした瞬間、またその類《たぐ》いかとがっかりしたぞ！」

　そう言うと豪快《ごうかい》に笑った。バレたわけではないらしい。ジルもなんとか笑《え》みを返したが、心臓はいまにも止まりそうだ。ドキドキするジルを視界に入れながら、伯爵は続けた。

「男になりすますためだけに、女性の命をあっさり切る令嬢が存在しているわけがない。そういうわけで、お前は男だと私は判断した。男であれば誰《だれ》でも歓迎《かんげい》だ。ちなみに出身は？」

「イ、イーゴウ地方です」

展開の速さについていけず、珍《めずら》しく言葉がつっかえる。ジルは貴族証明書を見せた。

「ずいぶん遠くから来たんだな。キルハにはいつからいるんだ？」

返されたそれを受け取りながら、ジルは今日着いたと素直《すなお》に答えた。

「なに？　着いたばかりなのか」

「はい。ここで助手を探しているという話を、父から聞いて来ました」

まるで建物の不備を見逃《みのが》すまいといわんばかりの、伯爵の鋭《するど》い眼差《まなざ》しに身がすくんだ。あんなにソフィと練習をしたのに、頭のなかが真っ白になっていく。バレるかもしれないという緊《きん》張《ちょう》で心臓は跳《は》ね上がり、うまく言葉が出てこないのだ。

（落ち着いて、大丈夫《だいじょうぶ》よ。会話だけでバレたりしないから）

「ぼ……僕の父は男爵ですが、あまり裕福《ゆうふく》ではありません。それで、こちらの皆《みな》さんに助手として従事したら、美術教師の資格を得られると考えています。懸命《けんめい》に勤めますので、どうぞよろしくお願いいたします」

ん？　と言いたげに、伯爵は眉《まゆ》をひそめた。

「……教師だと？　まるで独身を決め込んだ令嬢みたいな希望だな」

しまった、とジルは息をのむ。たしかにそうだ。焦《あせ》りのせいで、額に汗が浮いてくる。

「そ……ういった資格があったほうが、いずれ父の爵位を継いだときも、なにかしらの糧《かて》になると思っております！」

真剣《しんけん》な面持《おもも》ちで訴《うった》えるジルを見て、伯爵《はくしゃく》はまた笑った。

「そう真面目《まじめ》にとるな、冗談《じょうだん》だ！」

本当に？　いぶかしむも、伯爵の表情はからりとしている。本当らしい。

「ハ……ハハ……冗談、なんですね。冗談、ですか、そうですか」

気弱に笑ってみせると、ガシッと伯爵に肩《かた》をつかまれた。ひっ、とジルは身を硬《かた》くした。

「まあ、がんばれ。一年従事できたあかつきには、美術教師の資格を約束しよう。もっとも、それまでいられるかは謎《なぞ》だがな。ともかく、よろしく頼《たの》むぞ。ジル少年！」

「は、はい。ありがとうございます……」

返事をしたものの、勢いがありあまる彼の言動に、ついていける気がしない。

常に気を引き締《し》めていなければ、小さなほころびからバレかねない。

（しっかりしないと。しょっぱなからこれじゃ、前途《ぜんと》多難もいいところだわ）

内心で叱咤《しった》しながら、ジルは伯爵についてロビーを歩き、大階段を上った。

西翼《せいよく》の奥に位置する芸術棟《とう》は、豪奢《ごうしゃ》な屋敷《やしき》ほどの広さがある地上三階建てだ。

大階段を上りきると、四方をぐるりと囲んだ二階の廊下《ろうか》につながっており、吹き抜けの広間が見下ろせた。壁一面の窓から日射《ひざ》しが柔《やわ》らかくそそぎ込み、グランドピアノを輝《かがや》かせている。観葉植物や花々が置かれ、椅子《いす》やテーブルなどの調度品が絶妙《ぜつみょう》に配されていた。

上品さと優雅《ゆうが》さをあわせもった、このうえない美の空間だ。

(……なんて素敵《すてき》なの。まるで楽園みたい)

目を見張るジルに、伯爵は説明した。

「お前は私たちの助手であって、従者でも使用人でもない。ここにいる間は、私たち全員を名で呼ぶこと」

「わかりました」

「ロビーを入って、大階段の奥に広間の扉《とびら》。一階右側のドアが食堂。その奥に紅茶が淹《い》れられる程度の厨房《ちゅうぼう》がある。食堂の反対、左側のドアが応接間だ。その廊下の奥に洗面室と浴室がある。私たちは屋敷で湯を浴びるが、お前がそうしたければ王宮の使用人に前もって伝えるといい。浴槽《よくそう》に湯を用意してくれる」

「はい」

「二階は私たちそれぞれのアトリエや書斎《しょさい》。西側突《つ》きあたりのドアは、ライナスがステンドグラスを創《つく》る工房《こうぼう》だが、使われていないから鍵《かぎ》がかかっている。三階に寝室《しんしつ》があり、お前の部屋も三階だ。さて、まずはライナスに会ってもらおう。こっちだ」

いよいよ新聞を賑《にぎ》わせていた侯爵《こうしゃく》様と、ご対面できるらしい。

「本当にライナス様をお目当てにした女性が、男装をして面接に来ることがあるのですか？」

「ああ、あるってもんじゃない。ちなみにだが、お前には姉妹や恋人《こいびと》、もしくは婚約《こんやく》者はいないだろうな」

すれ違ったあの青年も、紹介《しょうかい》するなと言っていたはず。

「いたとしても、ライナス様にご紹介はいたしません」

伯爵は苦笑《くしょう》した。

「それがいい」

助手が辞めていくのは仕事の過酷《かこく》さもさることながら、それも問題の一つなのだと伯爵は言った。助手の姉妹や恋人、婚約者たちは、ロンウィザー侯爵に会ったが最後、彼にご執心《しゅうしん》となって仲がこじれ、喧嘩《けんか》もしくは破談となる。かくして傷心となった助手たちは、逃亡《とうぼう》さながらに去ってしまうのだそうだ。

（きっと興味のない女性にも、甘い言葉なんかを無自覚にささやいて、女性を翻弄《ほんろう》してしまう方に違《ちが》いないわ）

さぞかし、ニヤニヤヘラヘラしていることだろう。そんな自分の予想が当たっていたら面白《おもしろ》い。むしろ会うのが楽しみになってきた。

「ここがライナスのアトリエだ」

開け放たれているドア口に、カーティスが立った。ジルも立ち止まり、カーティスのうしろからなかをうかがう。無数のカンバスやイーゼルが壁《かべ》に立てかけられている広い室内の中央には、画材の散らばる大きなテーブルがある。

その奥、真正面の壁を目にしたのと同時に全身が泡立《あわだ》ち、ジルは立ちすくんだ。

一面を埋《う》め尽《つ》くす森――。

(――じゃ、ない。カンバスに描《えが》かれた絵だわ！)

一歩でも歩けば、澄《す》みきった風に淡《あわ》い新緑が揺《ゆ》れる、光り輝く幻想《げんそう》的な森のなかへ吸い込まれてしまいそうだ。カンバスのサイズがそんな錯覚《さっかく》をもたらすのだろうか。いや、大きさのせいじゃない。

本物と見まがうほどの精密さに、どこかロマンチックな夢想が加わっている。それをいとも軽々と表現して見せる、圧倒《あっとう》的な筆力がそうさせるのだ。

(――すごい……！)

驚愕《きょうがく》のあまり、ジルは身動きがとれなくなった。と、その横でカーティスが言った。

「……いないようだ。さては、また寝《ね》てるな」

室内に入ったカーティスは、奥のドアを開けた。ジルも彼のうしろに続く。窓際《まどぎわ》に置かれた長椅子に横たわり、片腕《かたうで》で顔を覆《おお》って眠《ねむ》っている人物がいた。

「おい、ライナス。新しい助手だ、起きてくれ」

「……ああ……」

貴族らしからぬラフなシャツ姿で、その人物はもぞりと動く。面倒《めんどう》そうに腕を解き、寝返りをうってから起き上がる。ぐったりとした様子で髪《かみ》をかき上げると、こちらを向いた。

柔らかな日射しを浴びたその姿に、ジルは言葉を忘れた。

年齢《ねんれい》はカーティスの少し下、二十代後半だろうか。黒に近いアッシュグレーの髪は、神秘的で神々《こうごう》しい。前髪《まえがみ》からのぞく灰青色の瞳《ひとみ》は凛々《りり》しくかつ涼《すず》しげで、きりりとした眉には知的さがうかがえる。静謐《せいひつ》な雰囲気《ふんいき》を漂《ただよ》わす美青年が、そこにいた。

〝幻想の守護者《マスター》〟との異名を持つ、ライナス・オーウェン＝ロンウィザー侯爵。

教師たちの助言を無視する、キルハ王立芸術学院の問題児。自身の内面を絵画に込めるという破天荒《はてんこう》な作品群に、教師たちは匙《さじ》を投げていたらしい。しかし、卒業制作のステンドグラスと絵画を国王に見いだされ、いっきに芸術界へ躍《おど》り出た。それらは現在、学院のロビーに飾《かざ》られている。

彼が得意とする絵画のモチーフは、静物と風景、そして神話世界だ。淡く柔らかな色合いを何層にも重ね、光と影《かげ》を表現する手腕《しゅわん》は、ステンドグラスとともに唯一《ゆいいつ》無二と謳《うた》われる。見た者をいやおうなしに引き込んでしまう、この世のものとは思えない幻想のステンドグラス《ク》と絵画。彼の作品をはじめて目にした国王は、〝これぞ魔術師《まじゅつし》の仕業《しわざ》〟と驚嘆《きょうたん》したという。

そんな名声の一方で、女性を巡《めぐ》る噂話《うわさばなし》にこと欠かない難点もある。

それは彼の容姿が――まさしく〝幻想〟でもあるからなのだと、ジルは瞠目《どうもく》した。

(この方は、人間じゃない。こんな方、見たことがないわ。あまりにも美しすぎる)

息をのむジルに、彼はほのかな色気を漂わせる眼差《まなざ》しを向けた。

「コーラル・レッドか。珍《めずら》しいね」

「……え?」

「君の髪の色。いい色だ」

ジルの頬《ほお》がカッと熱くなった。いままで一度だって、容姿を褒《ほ》められたことがなかったからだ。とたんにカーティスが、からかうように笑った。

「どうした、少年。顔を真っ赤にして、女みたいな反応だぞ?」

「わっ、わた……僕は褒められたことがないので、お、驚《おどろ》いただけです!」

ここへ来てからずっと、しどろもどろだ。うまく男性になりすませると思っていたし、自信だってあった。それなのに現実は、うまく立ちまわれないでいる。

(もう、なんだっていうの。自分らしさの欠片《かけら》もないじゃない。落ち着いて)

思い直したジルは赤い顔にもかまわず堂々と、自己紹介をすることにした。

「ジル・シルベスターと申し――」

「いや、そういうのはいい」

あくび交じりで立ち上がったライナスは、ジルを一瞥《いちべつ》すると冷たく吐《は》き捨てた。

「すぐにいなくなる助手の名前を、覚えるつもりはないんだ。面倒だから」

カーティスは用事があるらしく、出掛《でか》けてしまった。そのまま晩餐会《ばんさんかい》に赴《おもむ》くので、戻《もど》りは明日になると言う。残されたジルはライナスとともに、三階へ上がった。

ニヤニヤもヘラヘラもしていない彼の様子は、ジルの想像からかけ離《はな》れていた。むしろ感情のすべてをどこかへ置き忘れてきたかのような、終始冷ややかな態度なのだ。

(社交の場で女性を相手にしたら、変わるのかしら。でも、そうも思えないのよね。おかしいわ)

首を傾《かし》げそうになるジルに、ライナスは事務的に言った。

「ここが君の部屋だ。トランクを置いたら銀王宮を案内するよ。一度で覚えてくれ」

「はい」

芸術棟《とう》の三階、南東のこぢんまりとした部屋だが、窓からは庭園が見下ろせた。

長椅子《ながいす》、テーブルと二脚《きゃく》の椅子、クローゼットなどの調度品はどれも素晴《すば》らしく、シングルサイズのベッドは天蓋《てんがい》付きだった。ふっくらとベッドメイクされた純白のリネン類も、上質だと一目でわかる。

ジルが床《ゆか》にトランクを置くと、室内に入ったライナスは、なぜか奥にあるドアに向かった。

「あの……ライナス様、どちらへ？」

「僕の部屋だ。この格好では出歩けないからね。ベストと上着がいる」

あっさりと答えたとたん、ドアの向こうへ消えてしまった……って？

（……え？　ここは私の部屋で、その奥のドアの向こうがあの方のお部屋……なの？）

思考停止でしばらく固まっていると、今度は廊下《ろうか》から声がした。

「君、案内する。こっちだ」

振《ふ》り返ったジルは、上着の袖《そで》に腕を通す彼を見て、混乱のあまり卒倒《そっとう》しそうになった。

「ま、待ってください！　あの、どういうことですかっ」

「なにが？」

「あ、あなたのお部屋と僕の部屋は、つながっているのですか⁉」

「そうだけど？」

瞬殺《しゅんさつ》。なぜ、これだけの広さがある建物内にあって、この部屋がジルにあてがわれたのか。

「い……いままでの助手の方も、ここに？」

「ああ。なにか不都合でも？」

ジルは絶句した。聡明《そうめい》で賢《かしこ》いとの父からの褒め言葉が、この瞬間無惨《むざん》に崩《くず》れ去るのをジルは感じた。もうダメだ、さすがに冷静でなんていられない。

「お部屋、たくさん、ありますよね……？」

「どこも誰《だれ》かしらの物でふさがってる。空いているのはここだけだ。もしかして君は、僕がなにか盗《ぬす》むとでも思っているのか」

「違《ちが》います！　そうじゃないです、けっして！　ただ……」

「ただ、なに？」

「か、鍵《かぎ》は……鍵はついていないのですか」

「ないよ。ここはもともとペットの部屋だ」

「ペ……え？」

ライナスは面倒そうに髪をかき上げた。

「ここが僕たちのアトリエになったのは、三年前からだ。もとは廷臣のサロンで、愛犬と一緒《いっしょ》に宿泊《しゅくはく》できるよう、設計されたままになっている」

その廷臣のサロンは東翼《とうよく》に移築され、ここが彼らのアトリエになったらしい。実家のジルの部屋よりも、愛犬の部屋のほうが広くて立派だなんて、どういうことなのか。

それに輪をかけて、鍵もつけずに助手を住まわせて、平気でいる彼のことが心底信じられない。

（マイペースどころじゃないわ。この方はもしかして、とっても適当なのでは……？）

ライナスは微動《びどう》だにしないジルを見ると、けげんそうに眉《まゆ》を寄せた。

「いったいどうしたって言うんだ。いままで君のように、文句を言う助手はいなかった。誰しも学舎で男子寮《りょう》の経験があるからね」

あきらかに不審《ふしん》がられている。このまま我《が》をとおしたら、いよいよ隠《かく》しきれなくなりそうだが、最後に一つだけ問いたい。

「カ、カーティス様が、なんとかしてくれるのではありませんか。建築家ですし」

「べつにこのままで、不便を感じたことはない。そもそも僕は、あまりここで寝起《ねお》きしないんだ。屋敷《やしき》に戻ることが多いし、部屋にたいした物も置いていない。カーティスの手を煩《わずら》わせることもないだろう」

そうなのかと、ジルはホッとした。それならば、気に病《や》むことはなにもない……たぶん。

「わかりました。細かいことを訊《たず》ねて、申し訳ありませんでした」

部屋を出たジルは、ドアを閉めた。他人に興味がないとの情報どおり、彼はジルをいぶかるでもなく、それ以上追及《ついきゅう》してはこなかった。

お互《たが》いの作品や言動に、なるべく干渉《かんしょう》しない。それが芸術棟のルールだそうだ。

芸術棟はあくまでも各個人のアトリエであり、四人は友人でも仲間でもない。国王たっての希望で集まっただけの間柄《あいだがら》だと、ライナスは説明した。

「芸術棟には専用の使用人がいない。僕らそれぞれの従者も連れていない。大勢の人間が集まれば、それなりにいざこざが生まれる。アトリエにそんな騒《さわ》がしさはいらないからね」

彼らが国王に引き立てられ、ここをアトリエとした三年前から、互いの主《あるじ》を尊敬する従者同士の喧嘩《けんか》が絶えなかったらしい。その騒がしさに嫌気《いやけ》がさした主たちは、半年前から従者の立ち入りを禁じ、その代わりに一人の助手を共有することにしたのだそうだ。

「芸術棟にいる間は、完全に一人になって創作に没頭《ぼっとう》できる。貴重な時間の邪魔《じゃま》をされたくないし、身なりを整える程度のことは自分でもできる。それに、僕たちには貴族としての仕事もあるから、領地へ行くこともあるし、屋敷へ戻るのも日常茶飯《さはんじ》事だ。従者にはそのときに、仕事をしてもらえばいい。だからここにいる間は、一人の助手でこと足りるんだ」

芸術棟にいる間は、一人の芸術家としての顔。屋敷へ戻ったときは、従者を伴《ともな》う貴族としての顔。過ごす場所で二つの顔の区別をしているのだと、ジルは納得《なっとく》した。

(私の仕事は、貴族としての彼らではなくて、芸術家としての彼らを支えることなんだわ)

ライナスは歩きながら続けた。

「決まった日に王宮の使用人が掃除《そうじ》に来てくれるから、掃除はしなくていい」

「わかりました」

「食事は王宮の料理長が用意してくれる。君にはそれを、厨房《ちゅうぼう》から食堂まで運んでもらいたい。でも、レイモンドは創作に没頭して食事をよく忘れるから、彼の分だけは書斎《しょさい》に運んで、無理にでも食べてもらってくれ」

　レイモンドとは、残り二人のうちの一人。作家であり音楽家でもある人物の名だ。

「はい。でも、ほかの方は今、どちらに？」

「ピアノの音程が狂《くる》っていて、レイモンドは屋敷に戻ってる。調律師が昨日修理してくれたから、明日には来るかもしれない。アンドリューはアーヴィル地方から戻ったばかりで、まだ屋敷にいるんだろう。彼もそろそろ来るはずだ」

　アーヴィル地方は、名職人を多数輩出《はいしゅつ》していることで有名だ。おそらく仕事で向かっていたのだろうと、ジルは予想した。

　食事を運ぶこと以外にも、助手の仕事はある。週に二日、決まった曜日と時間に芸術棟は開放されて訪問者を招く。そのとき、誰を通し誰を帰すかの判断が任される。そのほか、用事を言い渡《わた》された場合は順番に手早くこなし続け、夜の食事を食堂に運んで一日が終わるのだ。

「明日、開放される日ですね」

「たいていの人は通してかまわない。ただ、僕に会いに来た女性だけは、誰であっても通さないでくれ。僕には身に覚えのない女性ばかりだからね」

素っ気なさに輪をかけて、冷たく突《つ》き放すような語調だった。

(身に覚えがないだなんて、さすがにおかしいわ)

「お……つきあいをされている〝方々〟……に、お会いしないのですか?」

ジルを鋭《するど》く流し見たライナスは、はじめて皮肉げに笑《え》んだ。

「なるほど。君は新聞の記事を鵜呑《うの》みにしていたわけだ」

ジルは戸惑《とまど》った。あの記事は、嘘《うそ》なのか?

「も……申し訳ありませんが、そうです。ではあれらの記事は、真実ではないのですか」

歩みを止めることなく、ライナスは単調に答えた。

「社交の場で、ごくたまに笑むことがある。東洋の絵画が飾《かざ》られていたり、珍《めずら》しいものを目にしたときなんかにね。そういうときに女性と目が合うと、自分に見惚《みと》れて笑いかけてくれたのだと勘違《かんちが》いさせてしまうらしい。で、そういった女性が集まると、僕を取り合い騒ぎが起こる。それを聞きつけたどこかの記者が、面白《おもしろ》おかしく書きたてるというわけだ。貴族のゴシップはよく売れるそうだからね。助手の女性関連も同じだ。自分の名誉《めいよ》のために言っておくが、僕はなにもしてない。真実は以上だ」

素直《すなお》に腑《ふ》に落ちた。これほどの容姿と肩書《かたが》きの相手を、女性たちが放《ほう》っておくわけがないのだ。ただ女性にモテていただけなのに、記者の手によって大げさな娯楽《ごらく》に変わっていただなんて、思いもしなかった。事実、刺激《しげき》の少ない暮らしのなかで、そういった記事はジルにささやかな楽しみを提供してくれていたのだ。恥《は》ずかしさでいたたまれなくなり、ジルは猛省《もうせい》した。

「僕はずっと、記事を信じておりました。出過ぎたことを言って、失礼いたしました」

「かまわない。そういうわけで、女性は誰も通さないでもらいたい。わかったね」

「はい。……けれど、新聞社に抗議《こうぎ》してはいかがですか」

「僕にとっては些末《さまつ》なことだ。彼らの食い扶持《ぶち》を奪《うば》うつもりはないし、なによりどうでもいい」

ライナスの口調は紳士《しんし》的で柔《やわ》らかいが、態度は常にぶっきらぼうで冷淡《れいたん》だ。助手が替《か》わるたびに、同じように接してきたのだろう。不親切でおざなりな案内から、辟易《へきえき》しているのがよくわかった。

足を踏《ふ》み入れてはならない王族の居住区は、口頭で位置を説明しただけ。季節や催《もよお》しもので替わる絵画や彫像《ちょうぞう》が保管されている宝物棟《とう》は、扉《とびら》を指さして通り過ぎただけだ。

その後、厨房へ向かう。料理長や使用人たちとの挨拶《あいさつ》を終えると、次の書庫が最後だと彼は告げた。

「覚えただろうね」

「はい。いまのところは」

「それはいい。こっちだ。早く終わらせたい」

こちらを思いやる様子のない言動だが、男性に親切にされたことのないジルには、むしろ心《ここ》地《ち》よかった。興味をもたれるよりも、空気のように扱《あつか》ってもらったほうがやりやすい。バレる可能性がその分減るからだ。そう思うと、いつもの落ち着きと冷静さが戻《もど》ってきた。

書庫へ向かう廊下《ろうか》のいたるところに、歴代の王族や英雄《えいゆう》たちの肖像画《しょうぞうが》が飾られていた。優美な調度品、等間隔《とうかんかく》に配された甲冑《かっちゅう》。それらを隅々《すみずみ》まで見渡《みわた》しながら、ここは本当に銀王宮のなかなのだとジルは実感した。

夢のようだと吐息《といき》をついたとき、貴族然とした身なりの壮年《そうねん》の紳士が、一枚の絵画を前にして立っているところに出くわした。ライナスは立ち止まることなく、彼のうしろを過ぎる。ジルもあとに続いたが、銀細工の額縁《がくぶち》に守られた絵画を見た瞬間《しゅんかん》、無意識のうちに足が止まった。

光り輝《かがや》くシフォンを身にまとい、舞《ま》い踊《おど》る等身大の女神《めがみ》。

四人の天使が彼女を守護するように囲み、イルタニアを象徴《しょうちょう》する白鳩《しろはと》を女神に差し出している。純白の壁《かべ》に映《は》える、その躍動《やくどう》的な幻想《げんそう》世界に、ジルはいっきに引き込まれた。

(なんて美しいの。これはきっと、王女殿下《でんか》の婚約《こんやく》を祝福しているものだわ)

ライナスを追いかけることも忘れて、ジルは見とれた。そんなジルに気づいた壮年の紳士が、ふと振《ふ》り返る。ジルを華麗《かれい》に無視すると、廊下の奥を向きにんまりと笑んだ。

「これは、ロンウィザー侯爵《こうしゃく》!」

ジルを待っていたライナスは、紳士の声にとっさに愛想《あいそ》笑いを作った。

「バーリー卿《きょう》」

軽く会釈《えしゃく》したライナスに、バーリー卿は近づいた。

「貴殿《きでん》が婚約式を祝う絵画を描《か》いていると、宰相閣下《さいしょうかっか》から聞いてはいたのですよ。それがやっと飾られたようで、いやあ、鑑賞《かんしょう》できて感激ですな！　真《まこと》に素晴《すば》らしい……！」

おもねるような讃辞《さんじ》に、ライナスは感情のこもらない笑みを返す。

「ありがとうございます」

「ときに、我が愛娘《まなむすめ》の肖像画を描くことについては、考えていただけましたかな？　貴殿の絵画を飾っている貴族は、いまだ一人もいない。さらに肖像画ともなれば、私の所有するすべての屋敷以上の価値となるでしょう。ぜひとも私が一番に、その栄誉《えいよ》にあずかりたいと考えているところなのですがね。いかがですかな、侯爵？」

ライナスの笑みが、苦いものに変わっていく。バーリー卿の提案を、快く思っていないのはあきらかだ。

（この方はライナス様の絵画を、自慢《じまん》の種にしたいだけみたい。なんとかしてこの失礼な会話を終わらせないと、ライナス様の笑顔がいまにも崩《くず》れてしまいそう！）

ジルが内心ハラハラしているにもかかわらず、バーリー卿はライナスに詰《つ》め寄った。

「侯爵、いかがですかな。我が一族繁栄《はんえい》のために、ぜひとも――」

「――あの！　申し訳ございません、ライナス様。お約束があったことをすっかり忘れておりました」

「……約束？」

ライナスは困惑《こんわく》をあらわにして、ジルを見た。そんな約束などないと言いたげだ。あるわけがない。口からでまかせなのだから。振り返ったバーリー卿は、ジルを見て眉根《まゆね》を寄せた。

「……なんですかな、君は」

「本日から芸術棟の助手となりました、ジル・シルベスターと申します。僕はすぐにうっかりしてしまうので、お約束の時間を過ぎていたことを忘れていたようです。大変申し訳ございません、バーリー卿。うっかりな助手に免《めん》じて、このお話はまた日をあらためていただけますでしょうか」

ライナスは瞠目《どうもく》して驚《おどろ》く。そんな彼に、バーリー卿は同情の眼差《まなざ》しを向けた。

「なんともまあ、今度はうっかりな助手とは！　大変ですな、侯爵。さて、何日もつことやら」

助手が辞《や》めていくことは、周知の事実らしい。嘆息《たんそく》したバーリー卿は、ジルに向かってあからさまに冷笑《れいしょう》した。

「なにはともあれ、約束があるということであれば、ここは諦《あきら》めて立ち去るしかなさそうですな。ではまた、日をあらためさせていただきますよ、ロンウィザー侯爵」

「……ええ。バーリー卿」

会釈したバーリー卿は、ジルを見て鼻で笑うと、そそくさと立ち去った。はあ、とジルは安《あん》堵《ど》の息をつく。ライナスのこわばった笑顔が、最後まで崩れずに済んでよかった。

「立ち止まってお時間を取らせてしまい、申し訳ありませんでした。でも、本当に素晴らしい絵です」

ジルは絵を振り返りながら、ライナスに近寄った。と、彼はジルを、まるではじめて自分の視界に入れたかのように見つめていた。——なに？

「あの……？」

「君は賢《かしこ》いな。おかげで僕の愛想笑いが保たれた。あと一分でも遅《おそ》かったら、バーリー卿を悪《あく》魔《ま》の形相で睨《にら》みつけていたところだよ」

そう思って口を挟みましたと、ジルは心のなかで返答する。と、ライナスは一瞬だけニヤッとし、ジルに背中を向けて歩き出した。

「急ごう。またあんな輩《やから》に会うのは、うんざりだからね」

書庫に着いた瞬間、ジルの胸はときめきではちきれそうになった。

可動式のハシゴがいたるところにかけられた、天井《てんじょう》までとどく壁一面の書棚《しょだな》。通路の左右にも、書棚が壁のように連なり、合間にテーブルが置かれている。

読みたかった物語が全巻揃《そろ》っている。歴史書に哲学書《てつがくしょ》、他国の本。そして、芸術にまつわる書物。その所蔵数は、どんな貸本屋にも勝《まさ》っていた。

「高価な本がこんなに！」

「資料として君に頼《たの》むことがあるから、どこになにがあるのか、あらかじめ覚えていてもらえると助かる。そのほかの本は、好きに読んでかまわないよ」

「えっ！　本当ですか？」

「ああ、どうぞ」

感激で目がくらむ。この書庫は夢の国だ。

（ああ……！　続きを待ちわびてた『愛と裏切りの湖畔《こはん》』の最新刊まで揃ってるわ！）

〝壁の花〟と噂《うわさ》されようが、ジルは十八歳の女の子だ。恋《こい》に対する憧《あこが》れはちゃんとある。この本はそんな思いを叶《かな》え、慰《なぐさ》めて寄り添《そ》ってくれるから好きだった。けれど、女性だけが好む本をあからさまには掴《つか》めない。

冷静になるべく息を吐《は》いたジルは、その本よりも読まなければならない書物に目を向けた。

（この機会を、無駄《むだ》に過ごすわけにはいかないわ。独学でもできるだけ学ばなくては）

「お手数ですがライナス様。芸術入門にふさわしい指南書を、教えていただけませんか」

書棚からライナスに顔を移すと、彼は双眸《そうぼう》を見開いていた。

「なん……ですか？」

「過去の助手たちとあきらかに違《ちが》う君の言動に、驚いているだけだ」

「それは、いままでの方々が芸術家を志していて、すでに学ぶ必要がなかったからだと思います。けれど、僕は違います」

「違う？」

「僕の知識は、芸術雑誌によるものだけです。ですから、誰《だれ》よりも学ばなくては」

そう言った瞬間、ライナスは瞬《まばた》きもせずジルに見入った。

「ずいぶん謙虚《けんきょ》だね」

「いえ……無知なだけです」

ジルの内面を探《さぐ》るように、片目を細めた彼は腕《うで》を組んだ。

「……君、年は？」

「十八です」

「部屋の件をのぞけば、君はいままでずっと冷静だ。さっきもバーリー卿への礼節を保ったために、自分を小さく見せたね。その機転、まるで老成した賢者《けんじゃ》のようだよ」

「それは……ありがとうございます」

ライナスは苦笑した。

「褒《ほ》めてない。年齢《ねんれい》らしい若さがないと言ってるんだ。さあ、怒《おこ》っていい」

──怒る？　いったいなにに？

「泣いたり怒ったりしたところで、現実が変わるわけではありませんから、感情に左右されることが苦手なのです。それに、賢者だなんて光栄です。僕は嬉《うれ》しいです」

彼の瞳《ひとみ》にどこか意地悪そうな、それでいて楽しんでいるような光が宿った。

「名前はたしか……」

「ジル・シルベスターと申します……が、まさか、覚えていただけるのですか？」

覚えたくないはずでは？　首を傾《かし》げるジルを、彼は興味深げに見つめてくる。

「まあね。君は初日にして、僕の死に絶えていた部分を、見事に生き返らせてしまったようだから」

「えっ……死に絶えていた部分？」

「他人に対する興味だ。ずいぶん久しぶりに、他人の顔をまともに記憶《きおく》したよ。そのせいで賢者然としている君の慌《あわ》てふためく顔が、無性《むしょう》に見たくなってきた」

――マズい。

「い……いえ。僕はたいした人間ではありませんので、死に絶えていたその興味は、ぜひ、ほかの方に……！」

「へえ、やっと少し慌てた。君は興味をもたれることも苦手らしい」

そのとおりだ。なぜなら男装してここにいるのだから。

ジルは恐《おそ》れた。他人に興味のなかった人間が、いったん誰かにその感情を抱《いだ》くとどうなるのか。あまりにも想定外な展開に、やっと持ち直した冷静な牙城《がじょう》が、もろくも崩れそうになる。

だが、ジルは踏《ふ》ん張った。鉄仮面さながらに表情を強張《こわば》らせて、さっきまでの彼以上に淡々《たんたん》と告げる。

「ぼ……僕は取るに足りない人間です。興味をもっていただいたところで、面白《おもしろ》くもなんともないと思うのですが……」

「面白いかどうか、決めるのは僕だ。君じゃない」

そうだった。彼はマイペース、なのだ。もう嫌《いや》な予感しかしない。

突如《とつじょ》変化した彼の態度に、ジルはカーティスを前にしたとき以上の汗《あせ》を、額に感じた。

――焦《あせ》ったら、負ける（バレる）！

かくして、ジルの男装の日々はこうして幕を開けた。

あと三六四日。無事に勤め上げることができるのか、ジルはこの夜冷や汗とともに、朝まで思い悩《なや》むことになるのだった。

第二章 前途多難な日々のはじまり

残り三六三日。

翌朝、芸術棟《とう》を出たジルは、朝食を運ぶために厨房《ちゅうぼう》へ向かった。それにしても、眠《ねむ》い。

(……ライナス様が恐ろしくて、一睡《いっすい》もできなかったわ)

なにしろ部屋はつながっており、鍵《かぎ》はないのだ。彼が屋敷《やしき》に戻《もど》っているとわかっていても、興味をもたれたことによって落ち着かず、紳士《しんし》用の寝間着《ねまき》に着替《きが》えることもできなかった。

結局、彼に教えてもらった芸術書を紐解《ひもと》き、学んでいるうちに朝日を拝むはめになってしまったのだが……謎《なぞ》だ。

(どうして私なんかに興味をもつのかしら。わけがわからない……)

マイペースなライナスのことを考えると、気が重くなる。話すたびに自分のペースが、ガラガラと崩《くず》されてしまうからだ。

(でも、ライナス様に気を揉《も》んでばかりもいられないわ。今日は残りの二人が来るらしいもの。とにかく落ち着いて、なにがあっても動揺《どうよう》しちゃダメよ)

心のなかで念を押しつつ、ジルは大勢の使用人が行き交《か》う厨房の扉口《とびらぐち》に立った。

「やあ、おはよう」

昨日面識をもった、ユアンという名の使用人が声をかけてきた。ジルよりも少し年上で、焦《こ》げ茶色の髪《かみ》に同じ色の瞳。男性にしては小柄《こがら》だったが、銀糸の刺繍《ししゅう》が施《ほどこ》された濃紺《のうこん》のお仕着せがよく似合う、穏《おだ》やかな笑顔《えがお》が印象的な好青年だ。

「おはようございます。今朝はカーティス様もライナス様もお屋敷にいらっしゃるので、僕の分だけお願いいたします」

ユアンは「了解《りょうかい》」とうなずき、一人分の朝食をワゴンにのせてくれた。

「ありがとうございます」

「あそこの助手は大変だからなあ。まあ、とりあえず一週間、がんばって」

いいえ、一年は居座るつもりです。そう答える代わりにジルはうなずき、新聞を小脇《こわき》に挟《はさ》んでワゴンを押した。


ふっくらと焼き上がったマッシュルーム入りのオムレツに、サラダ。スコーンとスープの奥深い味に、ジルはうっとりと息をついた。

「おいしい……。また一日、なんとかのりきらなくては」

昨夜も一人で夕食をとったので、静かなひとときに気が緩《ゆる》んでいく。自室よりも食堂のほうが落ち着くのは、あのドアのせいだろう。いずれなんとかしなければ。

食べ終えてから、新聞に目を通す。一面を飾《かざ》っていたのは、アイリーン王女の婚約《こんやく》式の記事だった。一月半《ひとつきはん》後に行われる婚約式を終えた王女は、イルタニアへ旅立ち結婚式を行う。そこで正式に、イルタニア王太子妃《ひ》となるのだ。

そんな王女も暮らしている王宮にいるだなんて、いまだに信じられない。

「……王女殿下《でんか》とすれ違うことも、あるかもしれないのよね」

「……〝のよね〟？」

降って湧《わ》いたような聞き覚えのある声に、ジルはぎょっとして顔を上げる。ドア口に立っていたのは、ライナスだった。しくった！

「お、おはようございます。ライナス様、いつからこちらに……っ」

「数分前だ」

記事を読んでいて気づかなかった。食堂に入ったライナスは、テーブルを挟んだ前の椅子《いす》を引くと、腰《こし》を下ろしてティーポットを手に取った。

「あっ、それは！」

僕が飲もうとしていたものです、などと言わせる隙《すき》をジルに与《あた》えず、彼はカップを寄せて勝手に紅茶をそそぐ。

「女の子みたいなひとりごとは、僕の空耳かな」

ニヤリとし、ジルを上目遣《うわめづか》いにする。動じていることを悟《さと》られまいと、ジルは表情を強張らせた。

「い……妹の夢を昨夜見たんです。それで、無意識のうちに口調が移ったのかと……」

苦しい言い訳に、我ながら呆《あき》れる。小さく笑んだ彼は、探《さぐ》るようにジルを見ながら紅茶を口に運んだ。

「……ふうん？」

意味深な彼の視線に耐《た》えきれず、ジルはそそくさと席を立つ。

「食器を戻してきます」

ワゴンに食器をのせてから、逃《に》げるように食堂を出た。回廊《かいろう》の途中《とちゅう》で立ち止まり、お腹《なか》の底から息を吐《は》く。正体がバレているわけじゃない。反応を面白がられているだけなのだ。そう自分に言い聞かせても、胸騒《むなさわ》ぎはおさまらない。

（うう……あの方はすごく苦手だわ）

——できるかぎり、避《さ》けなくては！

ぐったりと肩《かた》を落としながら、ジルは厨房へ向かった。

芸術棟が開放される日は、ロビーの隅《すみ》にある小さなテーブルに着いて、訪問者を待つ。

芸術棟にカーティスが戻ると、さっそく議員の来客があった。その訪問客が帰ると、見るからに高位と思われる聖職者がやって来る。ジルはアトリエにいるライナスを呼び、応接間に通して紅茶を出した。

高名な画商や役職ある貴族らが、現れては去って行く。そんな午前をなんとかこなし終えてから、ジルは二人とともに遅《おそ》い昼食をとった。カーティスがいてくれるおかげで、ライナスへの恐怖心《きょうふ》も緩和《かんわ》され、昼食を終えたときには平常心に戻ることができた。

午後になり、彼らがアトリエにこもった直後。一人の女性がロビーに姿を見せた。

（あっ、きっとライナス様のお客様だわ！）

ジルが席を立つと、たたんだ日傘《ひがさ》を手にした彼女が近づいて来る。年齢《ねんれい》はジルと同じくらいだろう。妙齢《みょうれい》の侍女《じじょ》を扉口に立たせたまま、彼女はジルをきつく見すえた。

「ロンウィザー侯爵《こうしゃく》様に、お目通り願いたいのだけれど」

帽子《ぼうし》からのぞく髪の色は、ブルネット。小花柄《こばながら》のガーゼ・ドレスを身にまとった可憐《かれん》な少女だが、高圧的な語調から自尊心の高さがうかがえた。

すんなりと帰っていただけそうな方法は、一つしかない。

「申し訳ありませんが、ライナス様は本日こちらにいらっしゃいません」

嘘《うそ》をつくのは気が引けたが、これしかないのだ。すると彼女は、唇《くちびる》を弓なりにさせた。

「あなたの前もその前もそのまた前の前の……大勢の助手たちも同じことを言ったわ。どうせ彼がわたくしに照れて、会いたくないとおっしゃっているだけなのでしょ？　いいわ、わたくしが会いに行きます」

くるんときびすを返した彼女は、熱情にかられたように大階段に向かって行く。焦《あせ》ったジルはすぐに追いかけ、彼女の前に立ちはだかって掌《てのひら》で制した。

「本当です。ライナス様は、こちらにいらっしゃいません」

キッと彼女は眉《まゆ》をつり上げた。

「どいてちょうだい。本当にいらっしゃらなければ帰ります」

(困ったわ、どう言ったらいいの？　物語に登場する殿方《とのがた》なら、どう言うかしら)

「あ……なたの貴重なお時間を、そんなことに費《つい》やさせるわけにはまいりません。どうか、僕の言葉を信じて――」

「――邪魔《じゃま》です！　どいてちょうだいと言っているのが、わからないの⁉」

――バシッ！

ジルの頰《ほお》に、いきなり彼女の平手打ちが飛んだ。

(――――！)

頰を押さえたジルは、あ然として彼女を見つめる。瞳《ひとみ》をうるませた彼女は、さめざめと涙をこぼしはじめた。

「二月《ふたつき》前に行われた我が家の夜会で、ロンウィザー侯爵様はわたくしに微笑《ほほえ》みかけてくださったの！　あの眼差《まなざ》しには、わたくしへの控《ひか》えめな愛情が込められていたわ！　あれからわたくしは彼の笑顔ばかり思い出して、満足に眠《ねむ》れないでいるのよ！」

驚《おどろ》いたジルは頰の痛みも忘れて、彼女を見つめた。本当にライナスのことが、好きなのだ。

ジルにそんな経験はない。眠れないほど誰《だれ》かのことを想《おも》ったことなど、一度もない。

好ましく感じる相手がいても、彼らが選ぶのは常に妹だったから、感情に蓋《ふた》をすることがいつからか癖《くせ》になっている。〝冷静〟と揶揄《やゆ》される所以《ゆえん》の一つだ。

だから、彼女が羨《うらや》ましく思えた。情熱的で純粋《じゅんすい》で、恋《こい》することへの怯《おび》えがないからだ。

(……可愛《かわい》い方)

ジルは胸ポケットのチーフを取り出し、彼女にそっと差し出した。彼女は嗚咽《おえつ》を堪《こら》えながら、当然だと言わんばかりに奪《うば》い取った。

「嘘をついたことを、謝罪させてください。ライナス様はこちらにいらっしゃいます。けれど、女性はどなたも通すなと言われております」

「まさか……わたくしは違うはずよ！」

「夜会のときあなたのそばに、珍《めずら》しい美術品などが飾られてはいませんでしたか？　おそらくライナス様はそれを見て、微笑んだ可能性があります。言葉にするのははばかられますが、あなたに……ではなく」

ジルの言葉に答えたのは、扉口《とびらぐち》に立つ侍女だった。

「珍しい美術品は、我が家のいたるところにございます。旦那《だんな》様は東洋のそれらに目がありませんので」

「そんな……わたくしに、恋をしてくださったのではないの？」

困り果てたジルは、ただ彼女を見つめることしかできなかった。ジルの眼差しの意味を察したのか、彼女はポケットチーフに顔を埋《うず》めて嗚咽をもらした。

「帰りましょう、お嬢様《じょうさま》」

侍女が近づく。泣き崩《くず》れる彼女の肩を抱《だ》くと、ジルに深々と頭を下げた。

「大変お見苦しいところを」

「いいえ。このことは他言いたしませんので、ご安心を」

うなずいた侍女が、彼女を連れて背中を向ける。瞬間《しゅんかん》、ジルは思わず呼び止めた。

「あの！　本当に申し訳ありませんでした。あなたに苦しい思いをさせてしまったことを、ライナス様の代わりに僕が謝罪いたします」

顔を上げた彼女は、涙に濡《ぬ》れた瞳をジルに移した。

「……あなた、わたくしの平手打ちを痛がらなかったわね」

鈍《にぶ》い痛みはまだ残っている。けれど、彼女に気まずい思いをさせたくなくて、ジルは精一杯《せいいっぱい》微笑んで見せた。

「あなたの心の痛みに比べれば、たいしたことではありません」

瞠目《どうもく》した彼女は、握《にぎ》っていたポケットチーフを見下ろした。

「そうだわ……これ……」

ジルはとっさに、物語に登場する紳士《しんし》の言葉を真似《まね》た。

「差し上げます。鋏《はさみ》でズタズタにしてくださっても、かまいませんから」

「なんですって？　おかしな方。そんなことを言った助手は、あなただけよ」

そう言うと、彼女はやっと小さく笑った。

「……そうね。そういうことをすると、女性は気が晴れたりするものだもの。ぜひ、そうさせていただくわ」

「あなたにふさわしいお相手は、必ずいます。素敵《すてき》な方との出会いが、絶対に訪《おとず》れます」

びっくりした彼女は、まじまじとジルを見つめた。

「そう、かしら。あなたは本当に、そう思う？」

「はい、僕が保証いたします。もしかするともう、そばにいらっしゃるかもしれません。ただ、あなたが気づかないだけで」

彼女の哀《かな》しげな瞳に、冷静な輝《かがや》きが宿りはじめた。威厳《いげん》を保つように姿勢を正すと、スカートの裾をつまみ上げてジルにお辞儀《じぎ》した。

「大変失礼いたしました。帰ります」

「お気をつけて」

ジルも丁重《ていちょう》にお辞儀をし、二人を見送った。

どうなることかと思ったが、なんとかお帰りいただけてよかった。ホッと息をついた直後、階上に人の気配を感じて見上げた。だが、誰もいない。気のせいらしい。

ふたたび席に着いたジルは、すまし顔で扉口を見つめながら、一心に待った。

午後のティータイムの、ささやかな休憩《きゅうけい》時間を。


残り二人の主《あるじ》を迎《むか》える準備は、ジルなりに最善をつくして整え済みだ。

黒い革《かわ》の古靴《ふるぐつ》は、朝のうちに磨《みが》ききった。身なりは質素だが、王宮を歩きまわる礼儀《れいぎ》には則《そく》している。

(前の助手の方からの忠告に、助けられてばかりだわ。おかげで対策が練られるもの)

だが、いつまで待っても彼らが現れる気配はなく、訪問者も姿を見せないまま、待ち望んでいたティータイムになった。おやつを運ぶために厨房《ちゅうぼう》へ向かおうとした矢先、カーティスが階上に姿を見せた。

「私もライナスも菓子《かし》類は食べないし、紅茶も飲みたくなったら自分で淹《い》れる。お前だけ休憩

「えっ？　けれど、お客様は？」

「このくらいの時間に来客はないし、いたとしても声をかけてくるだろう。食堂のドアを開けて、本でも読んで休むといい。初日から飛ばすと息切れするぞ」

ニッと笑った。カーティスは快活で裏表がない。本当にいい人だ。

「わかりました。ありがとうございます」

一人分のクッキーとティーセットを食堂に運んでから、ジルは自室で本を選んだ。

芸術書に紛《まぎ》れさせた『愛と裏切りの湖畔《こはん》』が読みたくてたまらなかったが、人目につく場ではばかられる。そういうわけで、レイモンド・バクスター子爵《ししやく》の処女作にした。重厚《じゆうこう》かつ哲《てつ》学《がく》的で難解。そんな謳《うた》い文句に気が削《そ》がれて、田舎《いなか》にいたときから避《さ》けていた名作だ。

（いい機会よ。これも勉強と思って、絶対に読破するわ）

紅茶を淹れてから食堂の椅子《いす》に座り、文字で真っ黒なページをめくる。独特な文体に目が滑《すべ》り、何度も同じ場面をいったりきたりした。それが悔《くや》しくて、ページを戻《もど》り、また進むを繰《く》り返しながら、ジルはじわじわと彼の文学世界に没頭《ぼつとう》していった。

やがて文体のリズムに慣れると、面白《おもしろ》くなりはじめる。夢中で第一章をめくり続けていると、自分がどこにいてなにをしているのか、すっかり忘れ去ってしまった。

だから、第一章を読み終えそうになった矢先、

「……タイトルは？」

突如《とつじょ》そそがれた暗い声音《こわね》に、ジルは飛び上がった。おののいて見上げると、数冊の本を小脇《こわき》に抱《かか》えた、深みのあるブロンドヘアの青年がそこにいた。

年齢《ねんれい》は二十代前半。眼鏡《めがね》をかけており、知性を感じさせる涼《すず》しげな瞳の色はヘーゼル。息をのむほどの端整《たんせい》な容姿だが、その眼差しは暗くどんよりとしていた。

（この方は……きっとそうよ！）

そうそうたる舞台俳優《ぶたいはいゆう》や音楽家、作家が出入りするバクスター伯爵家《はくしゃくけ》の長子。

〝知の守護者《マスター》〟との異名を持つ、レイモンド・バクスター子爵だ。

十歳にして国王に見いだされ、舞踏会《ぶとうかい》では即興《そっきょう》でピアノ演奏を披露《ひろう》し、神童との讃辞《さんじ》をほしいままにする。若干《じゃっかん》十五歳にして、いまジルの読んでいる処女作を発表した。

貧しい人々の尊厳について真正面から挑《いど》んだ意欲《いよく》作に、文学界は騒然《そうぜん》となり、彼の作風を真似た作家が次々に登場するまでになったという。

まさしく若き天才――ディランドが誇《ほこ》る、知の宝庫……なのだが。

彼の文学を讃《たた》えるのは、名だたる評論家たちだけという評判が哀しい。なにしろ内容が重々しく、一般《いっぱん》の読者が読み終えるには、月日《つきひ》を要するようなものばかりだからだ。

そんな彼の突然《とつぜん》の登場に、ジルは硬直《こうちょく》した。身動きできずにいると、レイモンドが本に手を伸《の》ばす。人差し指でパタンと閉じると掲《かか》げ持ち、タイトルを目にしたとたん失笑《しっしょう》した。

「ああ……紳士の書斎《しょさい》にふさわしい、賢《かしこ》さを誇示《こじ》するインテリアの一部。評論家以外まともに読まない……いや、読めないとなぜか絶賛された、私の処女作ではありませんか」

そのとおりかもしれないが、なんという後ろ向きな発言だろう。呆気《あっけ》にとられるジルを、彼は嘲《あざけ》るように流し見た。

「……で？　私に〝読んでいます〟と見せつけ、私に褒《ほ》めてもらおうとしているあなたは、いったいどこの誰《だれ》なのですか」

(なんてことなの。すっかりひねくれてしまっているわ)

暗く陰鬱《いんうつ》な語調を聞いているだけで、こちらの気力が削がれそうだ。

「じょ……助手のジル・シルベスターと申します。昨日からこちらにおります」

「なるほど。読んだふりをして私の到着《とうちゃく》を待つとは、ずいぶん小賢《こざか》しい助手が来たものです」

レイモンドは本をテーブルに放《ほう》り投げ、きびすを返した。

「私の半径三メートル以内に入らないように。清浄《せいじょう》な空気が、あなたの小賢しさに澱《よど》んで窒息《ちっそく》します」

あまりの毒舌《どくぜつ》にジルが絶句した直後、彼は食堂から出てしまった。いや——誤解されたまま去らせてはいけない！

「お、お待ちください」

「いやです」

さっさと大階段を上ってしまう。その背中に、ジルは言った。

「あの！　きちんと読んでおりました。たしかにはじめは難しく感じましたが、もう少しで第一章を読み終わります」

「ああ、そうですか」

冷ややかな棒読みの声音から、信じていないのはあきらかだ。どうしたらいいのだろう。そう思い悩《なや》んだ刹那《せつな》、ひらめいた。

「読み終わったという証拠《しょうこ》として、ぜひ、感想文を提出させていただきたいのですが」

ピタリとレイモンドが足を止めた――そのとき。

――コツ……ン。

靴音《くつおと》がロビーにこだまし、ジルはとっさに扉口《とびらぐち》を振《ふ》り返った。男性が立っている。

「……おい。どうしたことだ」

年齢はライナスと同じくらいだろう。ゆるやかに波打つ長めの髪《かみ》は、銀糸のようなプラチナブロンドで、前髪《まえがみ》ごと片側の耳にかけている。鋭《するど》い瞳《ひとみ》は澄《す》んだ湖畔のような青。ライナスと肩《かた》を並べるほどの美しい容姿だが、彼にはライナスにない威圧感《いあつかん》があった。

磨き上げられた靴、皺《しわ》一つないシャツ、アスコットタイ。光沢《こうたく》のあるグレーの上着から水色のベストをちらりとのぞかせ、タイトなズボンは白。色合いといい素材といい、すべてが上質で洗練されており、彼のしなやかな姿体を引き立てている。

そんなかなりの洒落者《しゃれ》は、ジルを見るなり思いきり顔をしかめた。

「どうして女が、ここにいる？」

（――えっ……！）

ジルは愕然《がくぜん》とした。なぜ、わかったのか。コツコツと靴音を鳴らしながら、彼が近づいて来る。目前に立たれて見下ろされ、ジルの額に冷や汗《あせ》が浮《う》かんだ。

「ぼ……僕は男で」

す、と言い終える前に、彼の声が重なる。

「女みたいだと思って、からかっただけだ」

ジルは安堵《あんど》の息を吐《は》く。だが、彼の射るような眼差《まなざ》しはそれない。尊大な態度で腕《うで》を組むと、ジルの靴の先から頭上まで、ゆっくりと険しげな視線を這《は》わせていく。

「靴は五年前に流行したものか。紳士《しんし》のたしなみたるポケットチーフはどうした」

しまった。令嬢《れいじょう》にあげたまま、別のものを挿《さ》すのを忘れていた。

身なりに対するただならぬ指摘《してき》。彼が何者なのか、ジルは瞬時《しゅんじ》に察した。

前王妃《おうひ》の従姉《いとこ》を祖母にもち、幼いころから王宮を庭として親しんできた貴族の一人。

〝女神《めがみ》の守護者《マスター》〟との異名を持つ――アンドリュー・スタンリー＝ベイフォード公爵だ。

王宮一の洒落者として通っていた祖母の影響《えいきょう》で、女性の服装や装飾《そうしょく》に興味を抱《いだ》き、十八歳にして幼なじみである王女のドレスを手がける。これが社交界の女性たちを賑《にぎ》わせることになり、彼がデザインしたドレスや装飾品を真似《まね》しはじめ、デイランドの流行は彼が創《つく》ると謳われるまでになった。そんな彼自身の装《よそお》いにも注目が集まり、紳士たちは競《きそ》うように彼の身なりをお手本にしている。

その一方で、屋内を彩《いろど》るタペストリーやカーテンなどのテキスタイルも手がけており、女性たちはそれらを手に入れようと、やっきになっているという。

王女の側近であり専任のデザイナー。そして、女性が欲《ほっ》する装飾品の流行を生み出す稀代《きたい》の洒落者。その彼が、ジルを厳しく見すえた。

「まさかお前は、新しい助手か？」

「はい、昨日からこちらにおります。ジル・シルベスターと申します」

〝美こそ正義〟と言わんばかりに眉《まゆ》をひそめた彼は、嫌悪《けんお》をあらわにして嘆息《たんそく》した。

彼にとって美しくないもの、流行遅《おく》れのもの。それらを身につけている者は誰であろうと、見下げる対象になるらしい。彼の蔑《さげす》んだような眼差しが、なによりの証拠だ。

「上着もベストもズボンも古くさく、華《はな》やかさに欠ける。お前は本当に貴族なのか」

父のお下がりを〝古くさい〟と一刀両断する強烈《きょうれつ》さに、ジルは舌を巻いた。これはすごい、たしかに逃《に》げたくなるかもしれない。

「貴族です」

「出身は？　キルハだなどと、嘘《うそ》は言うなよ」

「イーゴウ地方です」

きつく目を眇《すが》めた彼は、いまだレイモンドが立ち止まっている大階段を見上げて叫《さけ》んだ。

「──カーティス！」

開閉音がこだまし、間を置かずにカーティスが現れた。

「……ああっ、なんだと言うのだ。静かにしてくれ、アンドリュー！」

「どうして彼を雇《やと》った？　野暮《やぼ》ったい田舎《いなか》貴族だぞ、ほかにいなかったのか」

またかと言いたげな呆《あき》れ顔で、階上のカーティスはガシガシと頭をかいた。

「そうだ」

アンドリューの言動は、ジルに田舎町でのことを思い出させた。裕福《ゆうふく》な商家の令嬢たちに出くわすと、貧しい身なりを笑われることがよくあった。自分のことは我慢《がまん》できたが、妹が傷ついて泣くのだけは耐《た》えられなかった。それでも男爵家の威厳《いげん》を保つべく、けっして言い争ったりはしなかった。ただ、こう言うだけだ。

「アンドリュー様。あなたの高い美意識には敬意を表します」

さも不機嫌《ふきげん》そうに、アンドリューは片眉をつり上げた。

「田舎貴族ではありますが、最低限の礼儀《れいぎ》は保っていると自負しております。ですが、お給金をいただけたあかつきには、この場にふさわしい華やかな身なりにすると、お約束いたします。けれど、一つだけ申し上げたいことがございます」

そんなことを告げる助手はいなかったのだろう。一瞬息をのんだアンドリューは、ジルをきつく睨《にら》みすえた。

「……なんだ」

ジルは真摯《しんし》に、彼の険しい瞳を見返した。

「あなたのようになりたくても、なれない人たちもおります」

もって生まれたセンスや、着飾《きかざ》る余裕の富。それらがある者とない者がいる。

「すべての人たちが、身なりに注意を払《はら》える立場にあるわけではないと、どうかご理解いただきたいのです」

アンドリューは〝美〟に厳しい。だが、その〝美〟にも多様な価値観がある。

彼の美意識が絶対的ではないと、さらに意義を申し立てたかったが、助手であるジルは言葉をのんだ。彼のその美意識に追いつかなければ、一年もここにはいられない。下手《へた》をすれば、クビになるかもしれないからだ。

緊張《きんちょう》で足が震《ふる》える。それでもジルは、勇気を振り絞《しぼ》った。

「けれど、僕はここの助手です。あなたの美意識に少しでも追いつけるよう、必ず努力いたします」

……しん……とロビーが、静まり返った。と――その直後。

「よく言ったたな、ジル少年」

カーティスが言う。その声に驚《おどろ》いて見上げると、いつの間にかカーティスの横にライナスが立っていた。

「アンドリューにそう言った助手は、君がはじめてだ」

アンドリューの言動よりも恐《おそ》ろしいライナスの視線に、ジルは密《ひそ》かに身震《みぶる》いした。

押し黙《だま》ったアンドリューは不機嫌そうにジルを一瞥《いちべつ》し、大階段を上がって行く。姿が見えなくなったところで、レイモンドがぽつりとつぶやいた。

「彼を無言で立ち去らせたのも、あなたがはじめてですよ」

そう言って眼鏡《めがね》を押し上げると、疑《うたぐ》り深そうな眼差しを、ロビーに立つジルにそそいだ。

「……感想文の提出を、許可してあげてもいいでしょう。読破できれば、ですが」


夕暮れ間近になると、主《あるじ》たちはそれぞれの予定で出掛《でか》けていった。

心底安堵したジルは、外の空気を吸いたくなって庭園を歩き、噴水《ふんすい》周りに腰《こし》を下ろす。とたんに、激しい疲労感《ひろうかん》が襲《おそ》ってきた。

(ものすごく、疲《つか》れたわ……)

こんな日々があと三六三日も続くのかと思うと、先のことが思いやられた。

夕闇《ゆうやみ》の庭園は、幻想《げんそう》的で美しい。澄《す》みきった藍色《あいいろ》の空の下、銀王宮の窓に明かりが灯《とも》り、宝石のようにキラキラと瞬《またた》きはじめる。その光景は、本当にきれいだった。

（……ううん、ここで働けるなんて、とても光栄なことだわ。たったの一年じゃない。一つひとつ乗り越えなくては）

そっと笑《え》んだジルは、気持ちを切り替《か》えるために大きく伸《の》びをした。と、こちらに向かって来る人影《ひとかげ》が視界に飛び込む。目を凝《こ》らすと、使用人のユアンだった。どうやら彼も休憩《きゅうけい》らしい。

「やあ、調子はどうだい」

「ええ。なんとかやっています」

ジルの隣《となり》に腰を下ろした彼は、ナプキンに包まれたチョコレートを差し出した。

「よければどうぞ」

「ありがとうございます。じゃあ、お言葉に甘えて」

欠片《かけら》を口に入れる。ほろ苦い甘さに、ジルの疲れはいっきに吹《ふ》き飛んだ。

「昨日はバタついてて、ちゃんとした自己紹介《しょうかい》をしてなかったよな。ユアン・エイブラハム。ドーセット地方の子爵《ししゃく》家、次男だ」

右手を差し出されて、握手《あくしゅ》を交《か》わした。

「ジル・シルベスターです。出身はイーゴウ地方、父は男爵です」

「俺と同じ田舎貴族か。ここじゃなんだか、肩身《かたみ》が狭《せま》いよな」

近衛兵《このえ》はもとより、使用人たちも貴族の子息だ。だが、彼らのほとんどは地方出身者だった。士官学校を修了《しゅうりょう》できる素質に恵《めぐ》まれず、芸術の才能もなく、廷臣になれるほどの学位を得られなかった彼らは、学舎を卒業して高位の貴族のつてを頼《たよ》り、使用人になる。その目的は、ささやかながらも一族と王族との架《か》け橋になることだ。

「一月《ひとつき》前に仲良くなった助手は、ベイフォード公爵にこっぴどくやられて、一週間でいなくなったよ。君はどうだい。続けられそうか？」

「そうですね。なんとか続けたいと思っています」

それから、とりとめのない世間話をした。彼の家も裕福ではなく苦労をしていると知り、ジルは自然に親近感を抱《いだ》いた。

会話をしながら、お互《たが》いにチョコレートをつまむ。最後の欠片をナプキンごとジルに渡《わた》すと、ユアンは腰を上げた。

「俺はそろそろ戻《もど》るよ。晩餐《ばんさん》の時間だ」

「チョコレートをありがとうございます。久しぶりに食べました。おいしかったです」

「いいさ。俺はもうすぐ辞《や》めるけど、それまでは仲良くやろう」

「そうなんですか？」

励《はげ》まし合う間柄《あいだがら》になれそうだと思っただけに、残念だ。

「父の具合がよくなくて、田舎《いなか》に帰るんだ。ここに居続けたとしても、誰《だれ》かに引き立ててもらえるわけじゃないしな。戻って兄を手伝うよ」

「そうですか。お父様、お大事に」

ありがとう。そう言って笑い、ユアンは王宮内に戻った。彼のうしろ姿を見つめながら、今夜は家族に手紙を書こうと、ジルは微笑《ほほえ》んだ。


主たちのいない芸術棟《とう》は、ジルだけの自由な空間だ。

夕食を終えたジルは自室に戻り、明かりを灯してテーブルに着いた。

テーブル上には、四人のカテゴリーに即《そく》した書物を分けて、積み重ねている。服飾《ふくしょく》と装飾、建築や調度品、文学に音楽、そして絵画をはじめとした美術書。

一時間ごとにカテゴリーを変えて学ぶ合間に、ジルは家族に手紙を書いた。封《ふう》をして引き出しに仕舞《しま》ってから、なにげなく奥のドアを見る。

(……いない、のよね)

寝不足《ねぶそく》に輪をかけた精神的疲労《ひろう》から、いますぐ寝間着に着替《きが》え、ベッドに潜《もぐ》りたい衝動《しょうどう》にかられる。ささやかな胸に巻いている薄布《うすぬの》も息苦しくて、できることなら外してしまいたい。

(昨日だって、一晩中いなかったんだもの。今夜だってお屋敷《やしき》から戻らないわよ)

よし！　急いで上着とベストを脱《ぬ》ぎ、アスコットタイをゆるめようとしたときだ。

「――ジル」

奥のドアが突然《とつぜん》開いて、ジルは「ひゃっ！」とたたらを踏《ふ》んだ。

「ラ、ライナス様!?　お、おお屋敷に戻られていたのではないのですか！　というか、ノックくらいしてください!!」

「やっぱりね。この部屋だと君は慌《あわ》てる。どうして？」

男装しているからです、とは口が裂《さ》けても言えない。

「プ、プライベートな空間だから、守りたいんです！　それよりも、どうしたんですかっ!?」

「君に礼拝堂を見せていなかったなと、ふと屋敷で思い出してね。さあ、行こうか」

たったそれだけのことで、戻ったというのだろうか。しかも、いまから？　それは明日では、いけないのでしょうか……？

固まるジルにかまわず、ライナスは室内に入った。テーブル上の書物を見下ろすと、感心と言いたげに微笑《びしょう》する。と、けげんそうに眉根《まゆね》を寄せると、華《はな》やかな装丁《そうてい》の本を手に取った。

（あっ――それは！）

「……『愛と裏切りの湖畔《こはん》』？」

終わった、とジルはうなだれた。もうダメだ。いや、諦《あきら》めてはいけない！

「い……妹が面白《おもしろ》いと言っていたので、読んでみようと思いまして」

信じてくれるだろうか。食い入るように彼を見つめていると、納得《なっとく》したのか「ふうん」ともらし、本をテーブルに置いた。心臓が冷えて、生きた心地《ここち》がしない。

彼を前にすると、平静だった感情は振《ふ》り子のように揺《ゆ》れ動き、ジルは動揺《どうよう》を隠《かく》せなくなってしまう。そんなジルを見ることが、ライナスは楽しくてたまらないらしい。

「君は最長記録の助手になるかもしれない」

動けずにいるジルに近寄り、ニャッと笑って腕《うで》を組む。

「アンドリューを黙らせた助手は、君だけだからね」

「そう……ですか」

「それに、午後は令嬢《れいじょう》をうまく帰したね。君は女性を慰《なぐさ》めるのも上手らしい」

(あのとき気配を感じたのは、ライナス様だったんだわ！)

ライナスからじりじりと退いたジルは、きゅっときつくタイを結ぶと、ベストと上着を急いで羽織った。さっさと礼拝堂を案内してもらい、自室に引っ込んでいただかなければ！

「では、礼拝堂へのご案内を、よろしくお願いいたします」

先にドアノブに手をかけて、廊下《ろうか》に出る。急《せ》かすジルとは対照的に、ライナスはのんびりと笑んだ。

「じゃあ、夜の散策といこう」

思いついたら行動せずにはいられない。彼はそんな人らしい。マイペースの塊《かたまり》だ。

無数の肖像画《しょうぞうが》が飾《かざ》られている廊下を歩く。現国王や王妃《おうひ》、領地に暮らす王太子のオルグレン公エリオット殿下《でんか》、その妹であるアイリーン王女殿下の肖像画は、彼が描《か》いたものだと教えられた。写実的な筆さばきは、幻想的な風景画とあきらかに違《ちが》う。瞳《ひとみ》の輝《かがや》き、肌《はだ》の質感、服の皺《しわ》、そして陰影《いんえい》。まるでいまにも、彼らの息づかいすら聞こえてきそうなほどリアルだ。

「なんてすごい……いまにも語りかけられそうです」

立ち止まって肖像画を見上げるジルを、ライナスは横目にして笑んだ。

「僕の肖像画は多くない。これまでに描いたのは、現王族の方々と数人だけだ」

「えっ？　そうなんですか」

「僕は他人に興味がないからね。だから、尊敬の念を抱くか興味を惹《ひ》かれた相手しか、描く気になれないんだ」

ライナスが歩き出し、ジルも歩みを進めた。

「そういうわけで、いまは君を描いてみてもいいかなと、久しぶりに考えている最中だよ」

ジルを見て、ニヤリとした。うっ、とジルは視線をそらす。話題を変えなくては。

「げ……芸術棟に飾られているのは、ライナス様が描いたものですか？」

「そう、学生のときの作品だ。ちなみに君は、どうしてここへ来たの」

突《つ》っ込まれないよう、ジルは慎重《しんちょう》に言葉を選んだ。

「芸術には、興味があります。生み出すことよりも学ぶことが好きなので、美術教師の資格を得たいと考えて来ました。僕の家は裕福《ゆうふく》ではないので、学舎に行けませんでしたから」

ライナスが立ち止まった。

「なんだ。じゃあ、一年もしたら辞めるのか。残念だな」

「はい、そうです……」

ライナスは口を閉《と》ざすと、また歩き出した。突然話さなくなったのが不気味だ。

(私、女性だってバレるような発言は、していないわよね)

不安を振り払《はら》うべく、ジルは会話の糸口を探《さぐ》った。

「あの、ライナス様はどうして、ステンドグラスを創《つく》ったり、絵を描くようになったのですか」

それを聞いた彼は、横顔に控《ひか》えめな笑《え》みを浮《う》かべた。

「君の子どものころの夢は?」

「えっ? ええと……」

ない……いや、花嫁《はなよめ》だ。純白のドレスを着て、素敵《すてき》な王子様と祭壇《さいだん》に立つのが夢だった。いつからかそんな夢も見なくなり、すっかり失ってしまったけれど。

「いまは美術教師ですが、子どものころは……とくにはありません」

ジルを流し見たライナスは、ふたたび前を向いて口を開く。

「僕は、魔術師《まじゅつし》になりたかった」

「魔術師……ですか？」

びっくりするジルに、彼は口の端《はし》を上げる。

「そう。でも、この世界に魔術はないし魔術師もいない。だけど、唯一《ゆいいつ》それに近づけるのが芸術家だ」

幻想《げんそう》世界を生み出して鑑賞《かんしょう》者の心を奪《うば》い、その世界のなかへ引き込んでしまう。それは魔術と同じなのだと、ライナスは言った。

「ステンドグラスや絵画は、僕の魔術だ」

さらりとしたその言葉に、ジルは戸惑《とまど》った。頑《かたく》なに閉ざされた胸の奥にある扉《とびら》を、コツンと小さくノックされた感覚を覚えたからだ。

（……あれ。なにかしら……この感じ）

「ジル？」

ライナスが振り返る。ジルははっとして、ふたたび彼のうしろに続いた。

「あなたのステンドグラスを、父と一緒《いっしょ》にエルシャム聖堂で見たことがあります。本当に素晴《すば》らしくて、魔術師が生み出したものだと父と話しました」

「それは光栄だ。あれからステンドグラスは創っていないから、僕の魔術は絵画だけになってしまったけれどね」

（――えっ？）

エルシャム聖堂の修復が終わったのは、五年前だ。それから一度もステンドグラスを創っていないのは、なぜなのだろう。そんなジルの疑問を制するように、ライナスは言った。

「創れないのはただのスランプだ。たいしたことじゃない」

五年間も？　そう言いそうになってやめた。

（話したくないことみたい。気になるけれど、詮索《せんさく》はよくないわ。でも……）

「……あなたのステンドグラスを見て、僕も父もとても励《はげ》まされました。そういう人がたくさんいると思います。ですから、いつかまた、どうか創ってください」

ライナスは柔《やわ》らかく笑んだだけで、なにも言わなかった。

廊下を曲がり、階段を上る。二階に上がると、荘厳《そうごん》な教会を思わせる廊下が視界に広がった。奥まで行ったライナスは、華麗《かれい》な両開き扉に手をかける。

「そこが礼拝堂ですか」

「ああ。王女殿下の婚約《こんやく》式も、ここで行われる」

彼が扉を引き開けた。優美な装飾《そうしょく》が織りなす、純白の礼拝堂。ドーム形の高い天井《てんじょう》――クーポラには、天窓を囲むように天使たちが描《えが》かれており、淡《あわ》い月明かりが礼拝堂を照らしていた。

（……きれい……！）

細やかな飾り細工の二階柱がずらりと続き、真正面にはまばゆく輝く銀のパイプオルガンがある。眼下の身廊には赤い絨毯《じゅうたん》が敷《し》き詰《つ》められ、段上の祭壇へと続いていた。

「婚約式当日の聖卓《せいたく》には、アンドリューが紋様《もんよう》をデザインしたタペストリーが掛《か》けられる予定になってる」

「いまは見られないんですか」

「アーヴィル地方の職人たちによる手刺繍《ししゅう》のもので、まだここにはない。届くのは二週間後だ」

　アンドリューはその仕上がりの確認《かくにん》をするために、アーヴィル地方に赴《おもむ》いていたらしい。

　王女への祝福を込めたそのタペストリーは、イルタニアを象徴《しょうちょう》する白鳩《しろはと》と、ディランドを象徴する白薔薇《しろばら》を模した力作だとライナスは話す。手摺《てす》りに腕をのせて頬杖《ほおづえ》をつきながら、彼は眼下を見つめた。

「デザイン画しか見ていないけれど、かなり素晴らしいものになるよ」

「楽しみです」

　そう答えたジルに顔を向けて、ライナスは小さく笑んだ。

　こちらの内面を見透《みす》かすような、灰青色の瞳。その眼差《まなざ》しに、ジルの背筋はひやりとする。

　正体がバレたのではないかという疑惑《ぎわく》が、どうしても頭をもたげてくるからだ。

（やっぱり苦手だわ。早く戻《もど》らなくては）

「礼拝堂、見せていただけて感謝します。ではあの……そろそろ戻りましょう」

ジルがきびすを返そうとした直後、彼が言った。

「一年後、〝教師になるのはやめてまだここにいたい〟と、君に言わせることにしたよ」

「えっ⁉　ぼ、僕に、ですか？」

「僕たちは気難しくて不器用だ。賢《かしこ》い君ならそんな僕らと、うまくやっていける気がする。そんな貴重な助手を、逃《に》がすわけにはいかないからね」

近づいたライナスは、獲物《えもの》は逃《のが》さないと言わんばかりの視線を向けてきた。さっき唐突《とうとつ》に無言になったのは、そんなことを考えていたからか。

（おかしいわ、どうしてこんなことになってしまったの？　私はなにもしてないのに！）

現実離《ばな》れした端整《たんせい》な顔を間近にしても、ジルは見惚《みと》れるどころか怯《おび》えてしまう。

「ど……うすれば、僕への興味を失ってくれるのでしょうか。昨日も言いましたが、僕はたいした人間ではないですし、あなたにそこまで言っていただけるような特徴《とくちょう》は、なにもないのです……！」

「だから、それを決めるのは僕であって、君じゃない」

そうであれば、つまらない奴《やつ》だと思われるしかない。でも、どうやって？

仕事で失敗する？　そんな迷惑《めいわく》はかけられない。そうとなれば、できるかぎり慌《あわ》てないことだ。冷静に騒がず、確固たる距離《きょり》を保って冷たくやりすごす。

（それにきっと、いまだけのことよ。私が珍《めずら》しいだけで、慣れたら興味をなくしてくれるわ。だって私は、つまらない女の子だもの）

自虐《じぎゃく》に過ぎるとわかってはいるが、いまはそれに賭《か》けるしかない。

「……………はい」

彼が自分に飽《あ》きるのを、待つしかない。ジルは落とした視線を遠くした。

ゆっくり眠《ねむ》れるのはいつになるのだろうと、思いながら。

翌朝。

隣室《りんしつ》で物音がたつたびにビクビクして落ち着かず、テーブルに突《つ》っ伏《ぷ》して眠ってしまった。それでも少し眠れたのか、昨日よりは頭がすっきりしている。

ジルは奥のドアに耳をあて、ライナスの様子を探った。

（こんなはしたないことをするはめになるなんて、思いもしなかったわ）

隣《となり》は静かだ。ジルはそっと部屋を出た。

洗面室で顔を洗い、身なりを整えてから厨房《ちゅうぼう》に急ぐ。回廊《かいろう》を歩きながら、ライナス以外の誰《だれ》が戻っているのか、把握《はあく》していないことにはたと気づいた。

(彼らのスケジュールを管理するのも仕事よね。そうすれば、いつ誰が不在かわかるわ。もう少し慣れたら全員に訊《たず》ねて、整理しなくては)

思いきり湯を浴びるのは、それからのほうがよさそうだ。

厨房のユアンと挨拶《あいさつ》を交《か》わし、とりあえず全員分の朝食をワゴンにのせていく。それを見ていたユアンが、手を差し伸《の》べてきた。

「おっと、待って。バクスター子爵《ししゃく》は、他人の手がついたものを絶対に食べないんだ。グラスと水差しは別にして、こういったサンドイッチも、バゲットと挟《はさ》む食材は別に。そうじゃないと激昂《げっこう》して大変なことになる」

「ありがとうございます。なにも知らないので、助かります。でも、どうして僕に親切にしてくれるんですか」

ユアンは肩《かた》をすくめて笑った。

「俺はもうすぐいなくなる。最後くらい、なにかいいことをしておこうと思ってさ」

親切で優《やさ》しい人だ。礼を告げたジルは、ワゴンを押しながら厨房を出た。

食堂に入ろうとしたとき、紅茶を飲んでいるアンドリューが視界に飛び込んだ。一縷《いちる》の乱れもない身なりはさすがだ。ジルを見るなり、彼はいまいましげに眉《まゆ》をひそめた。

昨日のことがあって気まずいものの、グズグズしていたら朝食が冷めてしまう。ゴクリとつばを飲んだジルは、なんとか平静を装《よそお》って食堂に足を踏《ふ》み入れた。

「おはようございます。紅茶のご用意もせず、申し訳ありません」

無言で紅茶を飲むアンドリューの前に、朝食を並べる。気に入らないと言いたげな鋭《するど》い視線も、ライナスのそれに比べたらはるかに耐《た》えられる……はずだった。

「お前は本当に、男なのか」

この一言が、飛び出すまでは。

(――え)

「小柄《こがら》とはいえ、お前のような男は見たことがない。お前の体型はあきらかにドレスサイズだ」

女性のサイズを熟知している、彼らしい指摘《してき》に手が震《ふる》える。すまし顔で食事を並べるも、ナイフとフォークを反対に置いてしまった。落ち着き払《はら》って置き直し、次の席に移っても、まだ視線を感じる。ジルは言い訳を絞《しぼ》り出した。

「そ……れは、僕にとってコンプレックスの一つです。もっとたくましい体型に、生まれたかったと思います」

これでどうだろう。ちらりと上目遣《うわめづか》いにすると、フォークをサラダに刺《さ》すアンドリューと目が合ってしまった。ジルはとっさに視線を落とす。

「お前は昨日、俺の価値観に追いつく努力をすると言ったな」

「はい。言いました」

「口だけならば、どうとでも言える。俺の指摘から逃れるために嘘《うそ》をついたのであれば、お前は小賢《こざか》しい性根《しょうね》の持ち主ということだ」

針のような彼の視線が、ヒリヒリとジルの肌《はだ》を突き刺してきた。

「俺は向上心のない者や、口先だけの人間が嫌《きら》いだ。だから、こうしよう。王女殿下《でんか》の婚約式までに、俺を認めさせてみろ。それができたら、お前を助手として受け入れてやってもいい。だが、それができなければお前を〝嘘つき〟として、ほかの三人がどう言おうとも、ここから放《ほう》り出してやる」

婚約式は約一月後《ひとつき》だ。そんな短期間で、できるだろうか。

（いいえ、大丈夫《だいじょうぶ》よ。まだ一月もあるわ）

そう思い直したジルは、レイモンド用の朝食をのせたトレイを持って、ドアロに立った。

「わかりました。婚約式までにあなたに認めていただけるよう、精一杯《せいいっぱい》努めます」

彼の険しい瞳《ひとみ》をまっすぐに見返しながら、ジルは頭を下げた。食堂を出たとき、両手の震えでトレイがカタカタと鳴りはじめる。

（クビになるわけにはいかないもの。なんとしてでも、認めてもらうしかないわ）

意志を強くして深呼吸をし、手の震えを止める。姿勢を正したジルは、しっかりとした足取

りで大階段を上った。書斎《しょさい》の前に立った瞬間《しゅんかん》、

――古ぼけた気色の悪いぬいぐるみをコレクションしてる。

今度は前助手の言葉が脳裏《のうり》を過《よぎ》って、ふたたび手が震え出した。

（……気色の悪いぬいぐるみって、なに？）

霊魂《れいこん》が宿っているかのような、おどろおどろしいものだろうか。たとえそうであったとしても、失礼のないようにしなければ首を絞《し》められるらしい。見ないようにするしかない。

意を決して、レイモンドの書斎をノックする。返事はない。もう一度ノックをしてから、そっとドアノブを押し開けた。

壁《かべ》一面の書棚《しょだな》にはびっしりと本がおさまっており、いたるところに紙束や積まれた本が散乱している。おそるおそる奥を見ると、マホガニーの大きなデスクを前にして、一心にペン先を走らせるレイモンドがいた。そんな彼を見守るかのように、無数の古ぼけたぬいぐるみが背後の出窓に並んでいた。

（あっ……なんだ。テディ・ベアじゃない！）

大小あわせて、かなりある。どれもきちんと服を着ており、大切にされていることがよくわかった。しかも足の裏には、製造年が刺繍《ししゅう》されている。

（あれはお祖母様《ばあさま》も集めていた、〝ベルージ社〟のものだわ）

毎年新しいものが出回り、年代物にはかなりの値が付くぬいぐるみ界の最高峰《さいこうほう》だ。屋敷《やしき》と一《いっ》

緒《しょ》に手放してしまったが、残した一体は妹とこまめに手入れし、宝物として大切にしていた。

（まさかここで見られるなんて、嬉《うれ》しい！）

はしゃぎたくなる気持ちを抑《おさ》えて、ジルは静かに話しかけた。

「レイモンド様、おはようございます。朝食です」

「いりません」

「それではここに置いておきますので、あとで食べてください」

ローテーブルに置くと、「食べたくありません」と彼は言う。食べてもらってくれとライナスに言われている以上、このまま去るわけにはいかない。考えあぐねて突っ立っていると、レイモンドは苛立《いらだ》ったように顔を上げた。

「なんですか。まさか私の友人たちを貶《おとし》めるようなことを、言うつもりではないでしょうね」

表情を歪《ゆが》ませ、眼鏡《めがね》の奥の眼光を強める。

「どうせバカにするのでしょう。しかし、もしも私の友人たちを貶めたなら、私は地の果てまでもあなたを追い詰《つ》めます。精神的に」

やりかねない。そういう顔つきだ。今後のためにも、誤解を解かなくては。

「バカになんていたしません。〝ベルージ社〟のテディ・ベアは、祖母も生前集めてかわいがっておりました。あの……できればもっと近くで見たいのですが、いけませんか」

ペン先を止めたレイモンドは、戸惑《とまど》いをあらわにして眉をひそめる。

「は？　ええ……まあ……」

ジルはゆっくりと出窓に近寄った。

（ああ、とっても可愛《かわい》いわ。このほっぺがふっくらしてるの、お祖母様の寝室《しんしつ》にあったのと同じものよ。あっ、こっちの手足がちょっと短いのも）

「祖母は彼と同じものに、ペーターと名付けていました。それから、こっちのはマリアンヌです。もしも彼らにお名前がありましたら、教えていただけませんか？」

呆気《あっけ》にとられたレイモンドは、しばらくしてから渋々《しぶしぶ》名前を呼びはじめた。数えること二十六体。そんな彼らの服は、長い間かわいがられすぎたのか、あちこちがほころんでいた。

（──あっ、そうだわ！）

「よろしければ彼らのお洋服のほころびを、お直しさせていただけませんか？　その代わりに、僕の運ぶ食事を食べていただくというのは、いかがでしょうか？」

レイモンドは目を丸くした。

「……あなたが、お直し？」

「はい。妹とよくそうして……」

（……遊んでいましたなんて、言っちゃダメよ！　私はいま男性なんだもの！）

テディ・ベアに気がゆるみ、すっかり素《す》になってしまっていた！　だが、レイモンドの瞳は期待できらきらしはじめる。いまさらできないとは言えない。

「は、母から大切にするよう、きつく言われておりましたので……!」

またもや苦しい言い訳だが、レイモンドはいぶかるでもなく、感心したように深くうなずいてくれた。

「……ほう、賢明《けんめい》な母君です。実際そういったことを自分でしようにも、なかなかに手がまわらないことでした。洋服のほころびにも気づいていましたが、王女殿下の専任であるアンドリューを頼《たよ》るわけにもいかず、彼らに恥《は》ずかしい思いをさせてきた後悔《こうかい》はあります」

眼鏡を指で押し上げると、レイモンドはため息交じりに言った。

「いいでしょう。その代わりに食事を食べるという取り引きを許可します。しかし、もしも彼らに粗相《そそう》があったとき、私はあなたを有無《うむ》を言わさず追い出します。よろしいですね」

彼の眼鏡がキラリと光り、ジルは気を引き締《し》めた。これは遊びではなく、仕事なのだ!

「は、はい。承知いたしました!」

「ではひとまず、ボビーの服からお願いします。ボタンが取れかけていますから」

ボビーの服を渡《わた》されたジルは、大切に持って書斎を出た。ていねいにたたんで内ポケットにおさめてから、ジルはここへ来てはじめて、頭を抱《かか》えて身もだえた。

なんという提案を、してしまったことだろう!

(お裁縫《さいほう》をしているところをライナス様に見つかったら、絶対に突《つ》っ込まれるわ!)

「うう……い、いいわ、なんとかしましょう!」

「なにをなんとかするの？」

うしろからかかった声に、ジルは飛び上がった。寝起《ねお》きのライナスが、けげんそうにジルを見ている。パッと頭から手を離《はな》したジルは、とっさにシュッと背筋を伸《の》ばした。

「……いえ、なんでもありません。おはようございます」

「おはよう。怪《あや》しいな、なにか隠《かく》してるね」

「いえ……なにも」

意地悪そうにジルを一瞥《いちべつ》し、含《ふく》み笑いで大階段を下りて行く。入れ替《か》わるように姿を見せたアンドリューは、ジルを一瞬睨《にら》んでからアトリエのドアを閉めた。

ため息をついたジルは、ロビーに下りる。今日も忙《いそが》しくなりそうだ。


午前。カーティスに資料を頼《たの》まれて書庫へ行き、分厚く重い本を数冊運ぶ。それが終わると、王宮の使用人が郵便物を届けてくれた。アンドリュー宛《あ》てだ。

緊張《きんちょう》しつつ、彼のアトリエをノックした。投げやりな返事が聞こえて、ドアを開ける。

広い室内の壁一面に、格子垣《こうしがき》や花々をモチーフにしたタペストリーが飾《かざ》られ、たたまれた色とりどりの布が、流麗《りゅうれい》な調度品に整理されてある。塵《ちり》一つない整頓《せいとん》された室内の隅《すみ》に、まばゆいドレスをまとったトルソーが数体並んでいた。

思わずドレスに見とれたものの、長椅子《ながいす》でスケッチしているアンドリューの視線を感じ、

「荷物です」

それだけ告げて、小包をローテーブルに置いて出た。ほうっと息をつく間もなく、今度はライナスに用事を頼まれる。

宝物棟《とう》へ行ったジルは、二十号のサイズの木枠《きわく》を使用人に頼んだ。用意してもらえるのを待つ間、美術品が布に巻かれて大切に保管されている、奥行きのある室内を見渡《みわた》す。

絵画、彫像《ちょうぞう》、カーペットやタペストリーにはじまり、椅子やランプの調度品までもが、整然とわかりやすく置かれていた。

(飾られていない物がこんなにあるなんて。もう一つお城があっても、充分《じゅうぶん》飾れるほどの量があるわ)

一つくらいなくなっても、誰《だれ》も気づかないのではないだろうか。だが、宝物棟の窃盗《せっとう》は極刑《きょっけい》だ。恐《おそ》ろしいことを思ってしまったと身震《みぶる》いしたとき、木枠が仕上がる。礼をのべたジルは、すぐに芸術棟へ戻《もど》った。ライナスにそれを渡し終えると、ちょうど昼になった。

(めまぐるしく動きまわっているせいか、時間の経《た》つのがいやに早いわ)

ジルが厨房《ちゅうぼう》へ行こうとした矢先、紙包みを右手に持ったアンドリューが、突然《とつぜん》大階段を下りて来た。ジルを無視して扉《とびら》に向かう彼を、階上のカーティスが呼び止める。

「どうした、アンドリュー」

立ち止まったアンドリューは、紙包みを掲《かか》げながら振《ふ》り返った。

「届いた生地《きじ》見本が注文していたものと違《ちが》っている。まったく、馬車で片道二時間だぞ！」

あ、とジルは思いあたる。さっき届けた小包だ。

「懇意《こんい》にしている生地屋なら来てもらえばいい。いつもそうしているだろう」

「いつものところじゃないんだ」

髪《かみ》をかき上げたアンドリューは、まいったとばかりに嘆息《たんそく》した。

「イルタニア産のシルクシャンタンは、うまく使えば美しさが増す。だが、デイランド産よりも色の深みが強すぎて、軽《かろ》やかな色味を好むキルハの人々は避《さ》けたがる。そのために田舎《いなか》町まで行かなければ手に入らない。やっと見つけたこの生地屋は、最悪なことに王族や貴族に尻込《しりご》みして訪問を拒《こば》む有り様だ。おかげでいちいち足を運ばなくちゃならない……クソッ！　王女殿下《でんか》と昼食の約束をしていたのに、断るしかない」

「だったら、ジルに頼めばいい」

カーティスが言う。アンドリューはジルを冷たく睨《にら》みすえた。

認めてもらうには、すべての仕事をきっちりとやりきるしかない。そう誓《ちか》ったばかりなのだ。

この機会を逃《のが》すわけにはいかない。

「アンドリュー様、僕が行きます。シルクシャンタンは知っています」

太さの違うシルク糸を紡《つむ》いだ、平織りの生地だ。独特な風合いが光沢《こうたく》にあらわれて、なめらかなシルクよりも躍動《やくどう》的な美しさが生まれる。生地屋へ行くたびに憧《あこが》れたものだ。どう算段をつけても、手に入れられない値段だったから。

「知っている……だと？　お前が？」

「母や妹に伴《ともな》われて、生地屋へ行くことがありましたので、わかります」

アンドリューの視線は、懐疑《かいぎ》的だ。

「イルタニアの王太子殿下が来てから、婚約《こんやく》式まで四日ある。その間に王女殿下が着るドレスを作っている。すでに数着仕上がっているが、婚約式後の舞踏《ぶとう》会で着るものはこれからだ。身《み》頃《ごろ》やスカートはデイランド産の生地だが、リボンやベルトの装飾《そうしょく》品はすべてイルタニア産にしている。同色でも生地のかすかな濃淡《のうたん》に動きが出て美しいうえに、それがイルタニアへの尊敬と友好の証《あか》しになるからだ。これから作る最後の一着も、同じくそうする」

色はクロムイエローに決めていると、アンドリューはたたみかけた。

「見本をたしかめてから、仕上がったデザインにさらに手を加えるのが俺のやり方だ。ときには生地自体を変えることもあるから、俺には見本が必要なんだ。だが、届いたのは〝クロムイエローのシルク〟で、〝クロムイエローのシルクシャンタン〟じゃない。だから、正しい見本をいますぐ手に入れたい」

「わかりました。でも、産地までは判断がつきません」

アンドリューはジルに、紙包みを突きつけた。

「店員に聞け。住所はその裏に記されている。少しの時間の猶予《ゆうよ》もない。いますぐにここを出ろ。いいか、絶対に間違えるなよ」

目を眇《すが》めたアンドリューは、のどの奥から苦しげな声音《こわね》を絞《しぼ》り出した。

「俺が王女殿下のために作る――最後のドレスの生地だ」

――最後のドレス。

アンドリューの声音から、ジルはその言葉を重く受け止めた。

(彼にとって、大切な意味のあるドレスなんだわ。絶対に失敗できないことよ)

「はい」

やりとりを聞きつけたらしいライナスが、階上のカーティスの隣《となり》に立った。

「ジル。大丈夫《だいじょうぶ》かい」

「ええ。行ってきます」

しっかりとうなずき、ジルは芸術棟を出た。近衛《このえ》兵に御者《ぎょしゃ》と馬車を用意してもらい、四日ぶりに銀王宮の門をくぐった。

北東の街道《かいどう》を馬車は走る。日射《ひざ》しが傾《かたむ》きはじめたとき、田舎町のセラックに着いた。

住所をたどって生地屋を見つけ、馬車から降りて看板をたしかめる。窓からなかをうかがうと、婦人服と紳士《しんし》服をまとったトルソーが並んでいる奥に、種類別、色別に重ねられた生地が見えた。ここだ。

ガラス戸を開けると、ベルが揺《ゆ》れる。こぢんまりとした店内の奥から、優《やさ》しそうな壮年《そうねん》の紳士が現れた。

「いらっしゃいませ」

ジルはさっそく見本を見せて、アンドリューに言われたことを伝えた。はっとした店主らしき紳士は、深々と頭を下げる。前にして重ねた両手が、大きく震《ふる》え出した。

「……これは……なんということを！　大変申し訳ありませんでした。店主である私が不在の間に、見習いが勝手に送り間違えてしまったのでしょう。とはいえ、言い訳にはなりません。どうか、どうぞ罪に問われるようなことだけは何卒《なにとぞ》……！」

「そんなことはありませんから、どうか頭を上げてください」

だが、店主は深くうなだれたままだ。

「いかがなさいましたか」

「……ベイフォード公爵《こうしゃく》様からのお手紙だというのに、私が親族の結婚《けっこん》式でハーレイに赴《おもむ》いていたばかりに……確認《かくにん》することができず、どのように謝罪しても足りません。本当に申し訳ありません」

息をついた店主は、震え声で言った。

「イルタニア産、クロムイエローのシルクシャンタンは、先日アッカーソン準男爵夫人が、すべて買い取ってしまわれました。すでに仕立て屋へまわし終え、その作業が進んでおります」

（――えっ⁉）

謝罪する店主を、奥にいる夫人らしき女性が心配そうに見ていた。

デイランド産のものはあると、店主は言う。だが、それではダメなのだ。

「ほかに扱《あつか》っていそうなお店を、知りませんか」

とうとう夫人が姿を見せた。

「……たしかではありませんが、ハーレイに。結婚式のついでに、顔なじみの生地屋に寄ったとき、見た記憶《きおく》があります。シルクシャンタンは好きな生地ですから」

「デイランド産のものでは？」

「光沢があきらかに違うので、イルタニア産のものだと思います。ただ、売れてしまっているかもしれません」

（それでも、ここで諦《あきら》めるわけにはいかないわ。なんとしてでも手に入れなくては）

ハーレイにある生地屋の店名と住所を聞いてから、ジルは礼を告げてあとにした。そこまでは、ここからさらに二時間かかる。なにも言わずに戻りが遅《おく》れたら、アンドリューは気を揉《も》むだろう。

もう一度店に戻ったジルは、電報局の場所を教えてもらい、すぐに向かった。遅れる旨《むね》の電報を芸術棟宛《とうあ》てに打ってから、御者に事情を伝えて謝り、ハーレイを目指した。


銀王宮に夕闇《ゆうやみ》が落ちても、ジルは戻らない。忙《せわ》しなく広間を行き来するアンドリューは、とうとう声を荒《あら》らげた。

「……戻りが遅《おそ》い！　あいつはなにをしているんだ」

「アンドリュー、まあ落ち着け」

長椅子《ながいす》に座るカーティスがなだめても、アンドリューの苛立《いらだ》ちはおさまらない。一方、大階段に腰《こし》を下ろし、頬杖《ほおづえ》をついてロビーを見下ろすライナスも不安にかられていた。

「……彼らしくないな」

ぽつりとつぶやくと、階上からレイモンドの声がした。

「生地《きじ》がわからなくて逃《に》げたのでしょう。ボビーの服を預けたとたんに、このていたらくですよ。まったく、腹立たしい！」

「ボビーの服？」

レイモンドは大階段を下りながら、今朝のことを説明した。それを聞いたライナスは、ますます困惑《こんわく》する。思慮《しりょ》深い助手が、レイモンドの大切なものを預かっておきながら逃げるだろうか。トランクだって、部屋に置きっぱなしのはずなのだ。おそらく、なにかあったのだろう。

（……しかたがない。馬で追いかけるか）

そう思って腰を上げた直後、扉口《とびらぐち》に使用人が立った。ライナスは大階段を駆《か》け下りた。

「セラックから電報です」

それを受け取ったライナスは、文面を見て瞠目《どうもく》し、微笑《ほほえ》んだ。やっぱり機転の利《き》く子だ。

「アンドリュー、彼は逃げてない」

広間へ行き、電報をアンドリューに渡《わた》す。彼も目を見張った。やがて、レイモンドが広間に入って来る。電報に目を通すと、安堵《あんど》したように息をつく。カーティスは豪快《ごうかい》に笑《え》んだ。

「いままでの助手なら、あっさりと帰って来たはずだ。しかしジルは諦めないらしい。待ってやれ、アンドリュー」

カーティスから電報を受け取ったアンドリューは、悔《くや》しげに目を伏《ふ》せた。

「……どうせ、なにも手にできずに戻《もど》って来る」

「そうであっても、せめてねぎらってやることくらいは、すべきじゃないか？」

髪《かみ》をかき上げたアンドリューは、意に反すると言いたげな顔つきで、渋々《しぶしぶ》うなずいた。同時にレイモンドは、心底ホッとしたようにささやいた。

「ボビーの服が無事のようで、安心しました」

心配だったのはボビーの服かと、ライナスは内心笑う。それから広間を出て、ふたたび大階段に座った。

コーラル・レッドの色をした髪には、四つ葉の刺繍《ししゅう》入りのハンカチとともに、切ない記憶がどうしても重なる。去り際《ぎわ》密《ひそ》かに目にしたはずの少女の顔を、近頃《ちかごろ》ときおり思い出したくなる。

けれど思い出せるわけもなく、もどかしくなっていつもやめる。

いまさら思い出してどうするんだ？　そう思って一人笑う。記憶になくて、当然だ。

――あまりにも、哀《かな》しかったのだから。


深夜。馬車は銀王宮の門をくぐった。

馬車でずいぶん眠《ねむ》ることができた。どんな出来事にも、喜ばしい部分はあるものだ。すっきりと目覚めたジルは、馬車のなかで大きく伸《の》びをした。

(どうなることかと思ったけれど、なんとかなってよかったわ)

セラックからハーレイへ。しかし結局ハーレイの生地屋にもなく、紹介《しょうかい》につぐ紹介をたどって着いたのは、ここから六時間先の田舎町《いなかまち》だった。そこでやっと見つけたときは興奮してしまい、壮年の御者と飛び跳《は》ねて歓喜《かんき》の声を上げたほどだ。

連絡《れんらく》をするまでは売らないよう、店主に伝えてある。手落ちはない。

月明かりに照らされた銀王宮の敷地《しきち》内に入り、ジルは馬車から降りた。がっしりとした体軀《たいく》の御者は、礼を告げるジルをねぎらった。

「無事に戻れましたな。さっさと眠ったほうがよろしいでしょう。明日も早いでしょうから」

「おつきあいいただいて、本当に申し訳ありませんでした。たくさん馬を走らせてくださった、あなたのおかげです」

「たかが生地、されど生地ですな。貴君のがんばりに、心から敬意を表します」

「あなたにも敬意を表します。本当にありがとうございました」

握手《あくしゅ》を交《か》わして別れてから、芸術棟《とう》に向かう。逆算して考えれば、深夜の一時は過ぎているころだ。主《あるじ》たちは眠っているはず。静かに入らなければ。

閉《と》ざされた芸術棟の両開き扉に手をかけて、ゆっくりと押し開ける。とたんに驚《おどろ》いたジルは、立ちすくんでしまった。大階段に座った四人が、こちらを見下ろしていたからだ。

「おお、やっと戻ったな！　お疲《つか》れ、ジル少年！」

カーティスが立ち上がる。もしかして、待っていてくれたのか。まさか、そんな。

「あの……？」

大階段を下りたアンドリューが、ジルの目前に立つ。ジルは紙包みを彼に渡した。

「遅くなって申し訳ありません。なかなか見つからなかったのですが、レディントンの生地屋にありました」

「レディントンだと⁉　お前はそんな遠くまで行ったのか」

「え？　ええ。でも、そこの店主さんはとても喜んで、電報をいただけたらいつでも生地を持って馳《は》せ参じますとのことでした」

「……もしも見つからなかったら、どうするつもりだったんだ」

「それは僕も考えました。レディントンにもなければいったんここへ戻り、あなたに相談するしかないだろうと……」

ねぎらうべきか否《いな》か、迷うように苦々しげに、アンドリューは顔をしかめる。

「なぜ、諦めなかった」

「あなたが王女殿下《でんか》に作る〝最後のドレス〟です。後悔《こうかい》のないドレスを作っていただきたかったので、僕もできるかぎりのことをしようと思いました。それが僕の仕事ですから」

ジルは正直な思いを伝えた。苦々しげに目を細めたアンドリューは、けれど観念したように嘆息《たんそく》し、ゆっくりと紙包みを解いた。

「ああ、間違《まちが》いない。イルタニア産、クロムイエローのシルクシャンタンだ」

ありがとう、などとは言わない。その代わりに彼は、ジルのアスコットタイを指さした。

「その色はやめろ。俺なら明るめのブルーを選ぶ」

（えっ！……アドバイスははじめてだわ。もしかして、少しは認めてもらえたのかしら）

アンドリューはにこりともせずに、颯爽《さっそう》ときびすを返した。大階段を上りながら三人の横を過ぎ、アトリエに戻った。

「あの……もしかして、僕を待っていてくださったのですか」

「そうだ。もっとも、レイモンドは違うようだがな」

カーティスが苦笑いすると、レイモンドは気まずげに口をすぼめ、眼鏡《めがね》を押し上げた。

「ボビーの服ですよ。いけませんか」

はっとしたジルは、思わず微笑んでしまった。

「お預かりしたままで、申し訳ありませんでした。僕が大切に保管しておりますから、ご安心ください」

胸ポケットを叩《たた》いてみせると、レイモンドはフンッとそっぽを向いた。事情はどうあれ、それでも、こんな時間まで待っていてくれたのだ。

「ご心配をおかけいたしました。皆《みな》さん、こんな時間まで待っていてくださって、ありがとうございます」

ジルが頭を下げ終えると、ライナスと目が合う。すると彼は、柔《やわ》らかく笑んだ。

「おかえり」

その言葉を耳にした瞬間《しゅんかん》、ここにいてもいいのだと、言ってもらえた気がした。そして、それまで感じたことのない強い喜びが、ジルの胸の奥に沸《わ》き上がった。

楽しい。そう――その感覚だ。

（このお仕事、面白《おもしろ》いかもしれないわ。諦《あきら》めないで探し続けて、よかった……！）

家族にしか見せたことのない笑顔が、自然に顔に広がっていく。ジルは三人の立つ階上を見上げ、満面の笑みで言った。

「はい。ただいま戻りました」

第三章　タペストリーと女神の秘密

　芸術棟の新しい助手が、二週間も辞《や》めずにいる。

　そんな噂《うわさ》が銀王宮に広まり、近衛《このえ》兵や使用人たちは賭《か》けをはじめた。

　王妃《おうひ》や王女の侍女《じじょ》たちは彼の姿を一目見ようと、暇《ひま》さえあれば庭園を散策する有り様だ。

　そんな、ある日の午後。

「貴君らの助手が噂の的だぞ。ロンウィザー侯《こう》」

　庭園が見渡《みわた》せる歓談《かんだん》の間で、デイランド王国宰相《さいしょう》のオドネル卿《きょう》は、チェス盤《ばん》を見すえながら言った。ビショップをつまみ上げた彼の年齢《ねんれい》は、四十に届くかというところだ。きっちりと横分けされた深みのある栗色《くりいろ》の髪には、いっさいの乱れがない。相手の内面を見透《みす》かすような鋭《するど》い瞳《ひとみ》は鷹《たか》を思わせ、細めるとかすかな皺《しわ》が目尻《めじり》に浮《う》かんだ。そのおかげで人当たりよく見えるが、引き結ばれた薄《うす》い唇《くちびる》が一筋縄《ひとすじなわ》ではいかない人柄《ひとがら》を物語っている。

「ええ。知らぬは当の本人だけです」

「それで、どうなのだ。続きそうか？」

　ライナスは口の端《はし》を上げ、ナイトを動かした。

「さてはあなたも、賭けをなさっているのですね」

「陛下とちょっとな」

ライナスの一手に、むむとオドネル卿は眉《まゆ》をひそめる。クスッと笑ったライナスは、すぐに真顔を作った。

「頭の回転が速く、聡明《そうめい》です。努力家ですし、なんでもメモを取っています」

「メモ？」

「僕らの言動を観察したメモを、持ち歩いているんです。食事の好みや数日後の予定まで把握《はあく》して、忘れている用事があれば教えてくれるようになりました。助かりますよ」

「貴君が助手を褒《ほ》めるとは珍《めずら》しい。たしかに、打てば響《ひび》く相手は面白いからな。盤上を前にした貴君のように」

今度はライナスが考え込む。腕《うで》を組み、口に指を這《は》わせる彼を見て、オドネル卿はにんまりと笑《え》んだ。テーブルに手を伸《の》ばし、カップを口に寄せて紅茶を飲む。ゆったりと息をつくと、カップを戻《もど》して笑みを消した。その様子を見逃《みのが》さずに、ライナスは口火をきった。

「僕を呼んだのは、この盤上の戯《たわむ》れが目的ではないのでしょう。なにか気がかりなことでも？」

「もうバレたか。そのとおりだ」

内ポケットに手を入れたオドネル卿は、折りたたまれた一枚の紙を差し出した。受け取ったライナスは、それを広げるなり瞠目《どうもく》した。

――間抜《まぬ》け面《づら》の国王陛下を、イルタニア国王が踏《ふ》みつけている風刺画《ふうしが》だ。

「目にしたことがないものです。これをどこで？」

「手に入れたのは廷臣だ。場所は聞くな」

ライナスは瞬時に察した。娼館《しょうかん》か。

「まだ多くは出回っていない様子だ。もちろん陛下は知らないが、目にするのも時間の問題だろう。それをどう思うか、率直《そっちょく》に教えてほしい。それは芸術と呼べるもので、巷《ちまた》で流行の〝ユーモア〟なるものか。それとも、不敬罪に値《あたい》するものか」

オドネル卿の重い語調に、ライナスは断言する。

「……残念ながら〝ユーモア〟の欠片《かけら》もない、後者です。いただいても？」

オドネル卿はうなずく。ライナスは小さく折りたたみ、内ポケットに入れた。

「婚約《こんやく》式を控《ひか》えた時期とあっては、無視できない代物《しろもの》だ」

デイランドはイルタニアとの同盟により、ロドナ帝国《ていこく》への牽制《けんせい》を強めた。数十年前まで敵国だったイルタニアとの同盟は、デイランドにとって平和を維持《いじ》するために避《さ》けては通れない、長年の悲願だったのだ。その邪魔《じゃま》をさせるかと言わんばかりに、オドネル卿は眼差《まなざ》しをきつくする。

「刺《し》激《げき》の強い風刺画には、民衆の心を動かす力がある。過去には敵だった国との同盟を、心よく思わない民《たみ》もいるだろう。そういった者を先導し、王家の転覆《てんぷく》を目論《もくろ》む輩《やから》によるものだとしたら、それが大々的に出回る前に握《にぎ》りつぶさねばならない」

「つまりこの風刺画は、革命を予感させるものだと？」

「大げさに思えるだろうが、他者が気にも留めない針の穴を見つけ、先まわりして埋《う》めるのが私の役目でね」

苦笑する彼に、ライナスはうなずき返した。それから盤上に視線を落とし、しばし思案する。

「……安定しない独特の線画。癖《くせ》のあるこのタッチには、覚えがあります」

オドネル卿は息をのむ。

「――なに？　誰《だれ》によるものだ」

「以前助手だった、メイデル伯爵《はくしゃく》家の末息子《むすこ》です。伯爵に懇願《こんがん》されて雇《やと》ったので、彼のことは唯一《ゆいいつ》覚えています。名前はたしか、トーマス。彼のスケッチを見せてもらったことがあるだけですから、たしかではありませんが、人物の線がかなり似ている」

「その彼だとするなら、目的はなんだ。やはり……革命か？」

「いえ……もしも彼の仕業《しわざ》だとすれば、虚栄心《きょえいしん》や承認欲求《しょうにんよっきゅう》の果ての愚行《ぐこう》、そんなところでしょう。同年代の若者たちは、無鉄砲《むてっぽう》な反抗心《はんこうしん》を持ち上げて褒め讃《たた》え、喜ぶものですから。仲間内の手から手に渡《わた》って、その〝とある場〟にたどり着いた可能性は否定できませんね」

娼館と言わなかったライナスに、オドネル卿は苦く笑った。

「なるほど。人気者になるための愚行というわけか」

「おそらくは、そうです」

オドネル卿は呆《あき》れ返り、嘆息《たんそく》する。しかし、眼差しの険しさは変わらない。

「事実を把握するまでは、なんとも言えんな。どちらにしても、彼だというならその証拠《しょうこ》を握りたい」

首を突《つ》っ込むつもりはないが、トーマスの仕業だとすれば見過ごせない事態だ。

「実はメイデル伯爵から、夜会の誘《さそ》いを受けています。出向くつもりはありませんでしたが、そうもいかなそうだ」

トーマスが不在でも、居場所を探《さぐ》ることはできるだろう。

「貴君の審美眼《しんびがん》に賭けたい。頼《たの》めるか」

「ええ」

険しい顔のライナスを見て、オドネル卿はふたたび苦笑《くしょう》する。

「……が、ご令嬢《れいじょう》が群がるな。どうする？」

「ああ、たしかに。……芸術棟《とう》の誰かを連れて行きます」

「貴君らは人気者だ。なおさらご令嬢に囲まれて、身動きがとれなくなるぞ。それにできればここだけの話で、私はことをおさめたい」

――僕もだ。

クイーンを持ったライナスは、眉間《みけん》に皺を寄せながらそれを動かした。

「夜会まで数日あります。それまでにその件に関しては、手を打ちます」

「婚約式を控えた大事な時期だ。私もことを荒立《あらだ》てたくはないのでね。くれぐれも内密に。証拠を摑《つか》んだら、あとはこちらで処理する」

「お任せします」

「念のため、私服の近衛兵を屋敷《やしき》の周囲に配置させよう。大げさと笑わずに了承《りょうしょう》してくれ」

「もちろんです。助かりますよ」

ルークを持ち上げた宰相は、ライナスを見て微笑《ほほえ》んだ。

「チェックメイト。貴君が負けるとは珍しいな。風刺画に動揺《どうよう》したか」

髪《かみ》をかき上げたライナスは、苦笑いを浮かべた。

「ええ。少しばかり」


朝、鏡の前で身なりを整える。髪をきちんと耳にかけ、アスコットタイを優雅《ゆうが》に結ぶ。

二週間ごとにもらえる給金を、ジルは先日カーティスから受け取った。

家族への仕送り分を差し引き、休暇《きゅうか》をもらってまっさきに向かったのは、既製品《きせいひん》を扱《あつか》う都の紳士《しんし》服店だ。本来ならばサイズを測って仕立ててもらうところだが、女性であることを知られたくないジルは既製品を選ぶことにし、納得《なっとく》のいくまで探しまわり、可能な限りさまざまなものを手に入れた。

今日の装《よそお》いは、洗練されたダークグレーの上着とベスト。ズボンは白で、すべて皺が寄ることなく、細身の身体《からだ》にぴったりとあっている。ポイントとなるのは、古着屋で見つけた明るいブルーのアスコットタイと、同色のポケットチーフだ。これでいっきに装いは華《はな》やぎ、ジルの全身に統一感が生まれる。

(うん、いいわ！)

部屋を出る。磨《みが》かれたキャメル色の古靴《ふるぐつ》が、歩くたびに小気味のいい音を響かせた。

ドレスではないが、新しい服に腕を通すのは気分のいいものだ。自信がみなぎって姿勢はよくなり、自然に顔も上がる。日が経《た》つにつれて、身なりにこだわるアンドリューへの理解が、ジルのなかで少しずつ深まっていった。

(自分で試《ため》したり経験してみないと、わからないこともあるものね)

二階へ下りて廊下《ろうか》を歩いていると、アンドリューがアトリエから出てきた。

「おはようございます、アンドリュー様」

ジルの前を通り過ぎながら、彼は挨拶《あいさつ》代わりにジルの服装に点を付けた。

「もう少しシャツの襟《えり》を立てろ、だらしなく見えるぞ。だが靴《くつ》の色はいい。六十二点」

ジルは目を丸くした。

「昨日よりも三点高くて嬉《うれ》しいです。けれど、僕としては満点にかぎりなく近づいた気がしたのですが……」

「気のせいだ」

にこりともせずにそう言ってのけると、大階段を下りていく。とっさにメモを出したジルは、彼の背中に声をかけた。

「あっ、アンドリュー様。本日は仕立て師の方との打ち合わせが午前に、十八時からは王族の方々との晩餐《ばんさん》会がございます。お忘れなく」

「忘れるものか。いちいちうるさいぞ！」

そんな文句も、やっと平常心で受け止められるようになった。アンドリューは美へのこだわりが強く、向上心のない者を嫌《きら》うが、陰《かげ》ながら努力する者は邪険《じゃけん》にしない。自分にも他人にも厳しいだけで、もともと悪い人ではないのだ。

（でも、まだちゃんと認められたわけじゃないわ）

気を引き締《し》めたジルは、食堂のアンドリューに朝の紅茶を淹《い》れてから、厨房《ちゅうぼう》に向かった。

近頃《ちかごろ》不思議なことは、王宮内を歩いていると、見知らぬ近衛《このえ》兵が声をかけてくることだ。今朝もそうで、一人が励《はげ》ましたと思えば、別の誰かは「早く辞《や》めろ」と言ってくる。

いよいよわけがわからなくなり、ジルは厨房のユアンに訊《たず》ねた。

「婚約式まで君がいられるか、賭《か》けをしてるんだよ。こんなに続いた助手はいないからね。嫌《いや》かもしれないけど許してやってくれ。こういうお祭り騒《さわ》ぎが皆《みな》好きなんだ」

「えっ？　では……もしかしてあなたも、僕で賭けを？」

「いや、俺はしてない。もうすぐ辞める身の上だからな」

そうだった。寂《さび》しいと思ったが、彼の事情を慮《おもんぱか》ってなにも言わないことにした。彼に会釈《えしゃく》したジルは、朝食ののったワゴンを押し、せっせと回廊を急ぐ。

仕事には慣れたものの、ライナスが屋敷に戻《もど》ることが減ってしまい、ヒヤヒヤする夜は依然《いぜん》として続いていた。礼拝堂に行った夜以来、突然《とつぜん》入って来ることはなかったが落ち着かず、レイモンドの友人たちの繕《つくろ》いものも、ボビーのボタン付け以降進んでいない状況《じょうきょう》だ。

(でも、今日はレイモンド様との約束を一つ果たせるわ)

トレイを手にしてドアの前に立ち、ノックする。やはり返事はない。静かにドアを開けると、レイモンドはいつものようにデスクにいて、ペンを走らせていた。

ローテーブルに朝食を置いたジルは、紙束をそっと添《そ》えた。そのとき、カリカリとしたペンの音が止まった。顔を向けると、レイモンドは紙束を注視している。

「……まさか、それは？」

「おはようございます。はい、読み終わった感想文です。それから、すみません。食事をもれなく食べていただけているのに、レベッカの繕いものがまだ終わっていないのです」

眼鏡《めがね》の奥の瞳《ひとみ》が、ギラリと光った。

「いいです。かまいませんから――それをこちらへ！　いますぐに！」

ジルが紙束を渡すと、レイモンドは奪《うば》うように摑み取る。一般《いっぱん》読者の感想によほど飢《う》えていたのか、視線を左右に動かして読みながら、次々にめくっていく。

（は、速い……ものすごく読むのが速いわ！）

やがてレイモンドは、なぜか眉根《まゆね》を寄せはじめた。最後の一枚を読み終えたとき、

「……きちんと読んでくれたのがわかりますよ。独特の気迫《きはく》にあふれた嬉しい感想です。そう、そのとおり、私の描《えが》きたかった意図も汲《く》んでいるようです……が」

（……が？）

不安を覚えたジルを、レイモンドは鋭《するど》く上目遣《うわめづか》いにした。

「どうやらあなたは主人公の青年ではなく、脇役《わきやく》の女性に感情移入したようです。そのような評論家は一人もいなかった。もしやあなたの内面には――」

はっとして硬直《こうちょく》するジルに、彼はいぶかしげに問うた。

「――乙女《おとめ》が、住んでいるのですか？」

（しまった！　そうよね、そうよ。気づかなかったわ……！）

コツコツと積み上げてきた日々が、いっきに崩《くず》れそうな感覚が襲《おそ》ってきた。だが、ジルは踏《ふ》ん張った。表情を変えずに背筋を伸《の》ばし、威勢《いせい》よく断言した。

「いえ。僕の内面に乙女はおりません。あなたの書かれたエミリーが素晴《すば》らしく、一種の恋《こい》めいた気持ちを抱《いだ》いてしまった……のです！」

もちろん恋はしていないが、貧しさから婚約《こんやく》者の青年にふられて悲劇を遂《と》げる彼女に、深夜さめざめと泣いたほど感情移入したのは事実だ。その熱い思いを止められず、かといって語れる相手もおらず、うっかり感想文に昇華《しょうか》させてしまったらしい。

（しくったわ！　もっと冷静に書かなくちゃいけなかったのに！）

体型で性別を精査できてしまうアンドリューに続き、レイモンドには内面を探《さぐ》る能力があるような気がする。ジルはゴクリとつばをのみ、息を止めて彼の返事を待った。と、レイモンドは神妙《しんみょう》な面持《おもも》ちで、深々とうなずいた。

「なるほど……それは得難《えがた》い視点です。たしかに、彼女にはそういった魅力《みりょく》があるかもしれませんね……フフッ。彼女に恋、ね。なるほど、そうでしたか」

そうささやくと、嬉しそうにほくそ笑《え》む。ジルはふうっと息を吐《は》いた。積み上げた日々は死守できた……ようだ。

今後は主人公に感情移入しなければ。そう固く決意して、ジルは書斎《しょさい》をあとにした。

（すっかり気が緩《ゆる》んでしまっていたわ。こういうことでバレるかもしれないのよ。気をつけないと！）

そうは思えど、この自分への憤《いきどお》りをどこかへぶつけたい。うう、と小さくうめいたジルは、胸の前で拳《こぶし》を小さく振《ふ》りまわした。そうしていたとき、ふと視線を感じた。

ピタッと動きを止めて、じりじりと視線を向ける。腕《うで》を組んだライナスが、じいっとこちらを見ているではないか！

「なにしてるの」

ジルは顔を強張《こわば》らせた。

「……お、おはようございます。朝の運動です」

「猫《ねこ》の喧嘩《けんか》みたいな動きが、運動になるとは思えないけど？」

「……そう、ですか。そうですよね。わかりました。やめます」

意味深な彼の視線から逃《のが》れるように、ジルは大股《おおまた》で廊下を突《つ》っ切り、大階段を駆《か》け下りた。

（ああ、いっときでいいから、ライナス様の気配を感じないところで、伸び伸びしたいわ！）

銀王宮にいる以上、それは無理なのだが。


アンドリューとカーティスは社交的だ。朝から予定も外出も多く、今日も早々に出掛《でか》けて行った。対するレイモンドとライナスは、アトリエと書斎にほぼこもりきりだった。

無人の広間を見下ろしたジルは、つくづくバラバラな四人だと思った。

当初は楽園のようだと感じた広間だが、主《あるじ》たちがそこに集まって歓談《かんだん》している姿を、いまだに一度も見ていない。レイモンドがピアノを弾《ひ》いているか、長椅子《ながいす》に横たわったライナスが本を読んでいるかくらいのもので、全員が顔を揃《そろ》えることはほとんどないのだ。

レイモンドに資料を頼《たの》まれたジルは、書庫へ向かいながらライナスの言葉を思い出した。

（お互《たが》いの作品や言動に、なるべく干渉《かんしょう》しない。芸術棟《とう》はあくまでも各個人のアトリエであり、四人は友人でも仲間でもない……）

自分のことで精一杯《せいいっぱい》で気に留める余裕《よゆう》もなかったが、ここの暮らしに慣れてくると、その意味が身にしみてわかってくる。もちろん会話もするし、お互いに尊敬しあっていることは間違《まちが》いない。けれど彼らの間柄《あいだがら》には、常にどことなく〝侵《おか》してはならない聖域〟のようなものが横たわっていて、お互いにそれを越《こ》えまいとしている。そんな距離感《きょりかん》を覚えるのだ。

（まるで、一匹狼《いっぴきおおかみ》の群れみたい）

個性豊かで、ふぞろいで好き勝手。そんな彼らの代々の助手は、かなりの苦労を強《し》いられてきたはずだ。いまその立場にあるジルは、彼らの苦労に自分を重ねた。

（私は幸運にもなんとかのりきっているけれど、少しのミスで足元をすくわれそうになるもの。いまだって安心はできないわ。男性のふりだってしているのだし）

自分なりに懸命《けんめい》に勤めてはいるものの、婚約式までにアンドリューに認めてもらえなければ、芸術棟から放《ほう》り出されてしまうのだ。

クビになりたくない。女性だとバレるわけにはいかない。緩めるわけにはいかない二重の緊《きん》張《ちょう》に、立ち止まったジルはうつむき、息をつく――そのとき。

「具合がよろしくないのですか？」

小鳥のさえずりのような可愛《かわい》らしい声が、どこからともなく聞こえた。はっとして顔を上げると、庭園を歩いていたらしい女性が、回廊《かいろう》の柱から姿を見せた。そのあまりの愛らしさに、ジルは瞠目《どうもく》して固まった。

年齢《ねんれい》はジルと変わらないだろう。絹のようなブロンドの髪《かみ》が風にそよいで、ほんのりと桃色《ももいろ》に染まる頬《ほお》をくすぐっている。大きな瞳はエメラルドのように輝《かがや》き、小さな唇《くちびる》は薔薇《ばら》の蕾《つぼみ》を思わせる。柔《やわ》らかいオーガンジーが幾重《いくえ》にも折り重なったアイボリーのドレスが、彼女を女神《めがみ》のごとく際立《きわだ》たせていた。このお姿は、知っている。

――ライナスが描《か》いた肖像画《しょうぞうが》の、王女殿下《でんか》その人だ！

「いっ……いえ、少し考えごとを。芸術棟の助手、ジル・シルベスターと申します」

右手を胸に添えてお辞儀《じぎ》をすると、微笑《ほほえ》んだ彼女はスカートの裾《すそ》をつまみ上げた。

「アイリーン＝マリー・アンドレアスと申します」

「肖像画にて、存じ上げております。以後、お見知りおきを」

信じられない。ジルの目の前にいま――王女殿下がいる！

「まあ。寂《さび》しくなるから、そうかしこまらないでください。偉《えら》いわけではないのですから」

女性であってもうっとりしてしまう、優《やさ》しい気遣《きづか》いと控《ひか》えめな微笑《びしょう》。ジルが思わず見惚《みと》れていると、王女はクスッと瞳を細めた。

（なんて美しい方なの……！）

「お会いできて光栄です。芸術棟の助手の方はすぐに辞《や》めてしまわれるから、主の彼らはわたくしたちに、紹介《しょうかい》するのをためらってしまわれるのです。だって、本当にめまぐるしく替《か》わってしまわれるから」

わかります、とジルは答えた。王女は小さく微笑んだ。

「どうかわたくしの婚約式までは、いらしてくださいませね。もちろん、そのあとも」

「はい。あの、ご婚約おめでとうございます」

ジルの言葉に、王女は一瞬《いっしゅん》だけ寂《さみ》しげに目を伏《ふ》せた。だが、すぐに笑みを作る。

「ありがとうございます」

会釈《えしゃく》した王女が通り過ぎる寸前、ジルも会釈を返した。

（なにかしら。一瞬寂《さび》しそうに見えたけれど、私の気のせいよね）

アイボリーのドレスが小さくなっていくのを、ジルは見送った。どこか哀《かな》しそうな気配を漂《ただよ》わせる、その背中が見えなくなるまで。

午後間近になり、アンドリューが出先から戻《もど》った。

広間の扉《とびら》を開け放ち、そわそわと落ち着かない様子でロビーを行き来しはじめる。

(アンドリュー様らしくないわ。どうしたのかしら)

忙《せわ》しないアンドリューを視線で追いかけていると、ライナスが大階段を下りてきた。所在なげに歩きまわるアンドリューを見るなり、呆《あき》れたように苦笑《くしょう》する。

「アンドリュー、落ち着いたら?」

「落ち着けるか!」

いったいどうしたというのだろう。首を傾《かし》げながらも、昼食を運ぶためにジルが厨房《ちゅうぼう》へ向かおうとした矢先、大きな荷物を抱《かか》えた二人の近衛《このえ》兵が扉口に立った。

「ベイフォード公爵《こうしゃく》様へ、アーヴィルよりお荷物が――」

「――来たか! こっちだ、運んでくれ!」

嬉々《きき》として近衛兵を広間に招き、テーブルに荷物を置かせると、アンドリューは礼を告げて彼らを帰した。荷物を包んでいる頑丈《がんじょう》な麻袋《あさぶくろ》には、アネモネを象《かたど》った大きな刻印が入っている。

紐《ひも》を解いたアンドリューは、麻袋から平らな木箱を取り出した。

（あ……わかったわ。婚約式《こんやく》のタペストリーよ！）

広間の扉口からジルが見守っていると、横にライナスが立った。

「タペストリーですね？」

腕を組んだアンドリューは、にっこりしてうなずいた。

蓋《ふた》を外したアンドリューは、とっておきの贈《おく》り物を開ける子どものように、珍《めずら》しく瞳《ひとみ》を輝かせた。高価な薄葉紙《うすようし》に包まれたそれを持ち上げ、大切そうにテーブルに置くと、薄葉紙をはがしていく。全貌《ぜんぼう》をあらわしたタペストリーを、アンドリューはテーブルにふわりと広げた。

「……わっ！」

ジルは思わず声を上げた。こちらを向いた彼は、ニヤリと満足げに笑った。それはジルがはじめて目にした、アンドリューの笑顔《えがお》だった。

「近くで見たいか」

「ええ！　でも、いいんですか？」

「特別に許可してやる。お前も来い、ライナス。せいぜい悔《くや》しがれ」

クッとライナスは笑んだ。

「そうしよう」

タペストリーの大きさは、横が二メートル、縦が四メートルにもおよぶ。

深い青緑色を基調とし、銀糸で織られた親指の爪《つめ》ほどの白薔薇が、蕾から花びらを開ききるまで、優美に折り重なり下から上へと続いている。白薔薇の棘《とげ》をついばむ左右対称《さゆうたいしょう》の二羽の小鳩《こばと》は、上へいくごとに成長し、やがて翼《つばさ》を広げて口づけを交《か》わす白鳩《しろはと》になり、薔薇の花びらが描《えが》く紋様《もんよう》のなかを飛びまわっていた。

（なんて素敵《すてき》……なんてきれいなの！）

白薔薇を王女の成長に見立てた、ため息が出るほどの細やかな紋様。すべてが銀糸の濃淡《のうたん》で表現されており、見れば見るほどその織りが、幾重にもなっていることがわかる。

なにより驚《おどろ》かされたのは、爪《つめ》の先ほどの薔薇も鳩も、一つとして同じではないことだ。

「美しいです……こんなタペストリーは、見たことがありません！」

「アーヴィル地方の職人による手刺繍《ししゅう》だ。全部が違う、一つひとつに表情がある。これを確認《かくにん》するため、俺は何度もアーヴィルに足を運んだんだ」

「素晴《すば》らしいよ、アンドリュー。たしかに、これは悔しいな」

瞳をきらめかせるライナスに、アンドリューは勝ち誇《ほこ》ったような笑みを見せた。

「お前を悔しがらせることができて、感無量だ」

こんなふうに話す二人をはじめて見たジルは、少し嬉《うれ》しくなった。ふぞろいに思える主たちでも、誰《だれ》かの生み出したものを前にしたときは、どうやら一つにまとまるらしい。

「王女殿下が喜ぶよ」

ライナスがそう言うと、アンドリューはふと眼差《まなざ》しを遠くした。

「……ああ。そのために創《つく》ったからな」

「今夜の晩餐《ばんさん》会で、お披露目《ひろめ》するのか」

「いや、婚約式当日まで見せないつもりだ。驚かせたい」

そう言いながらタペストリーを丁寧《ていねい》にたたむと、薄葉紙で包んでいく。木箱におさめ、麻袋に入れると紐を縛《しば》った。

「ジル、宝物棟《とう》の使用人を呼んできてくれ。これを保管してもらいたい」

「わかりました」

「この包みは婚約式のものだと、絶対に触《ふ》れまわるな。なにかあったら大変だ。当日までの秘密にしろ。わかったな」

「はい」

芸術棟を出たジルは、足早に宝物棟を目指した。二人の使用人を連れて戻り、包みを運ぶ彼らに付き添《そ》って、ふたたび宝物棟まで歩く。と、廊下でユアンに出くわした。

「すごい荷物だな。中身はなんだ？」

嘘《うそ》はつきたくなかったが、答えないでいるのも不自然だ。主《あるじ》の守秘義務を果たすべく、ジルは使用人よりも先に答えた。

「王宮内を彩《いろど》るものです」

それに続き、一人の使用人が言う。

「ベイフォード公爵のタペストリーだ。そのうちいつもみたいに、どこかに飾《かざ》られるんだろ。それよりも君、辞めるんだってな。残念だよ、またパブで飲み明かしたかったのに」

横を歩くユアンは、肩《かた》をすくめた。

「しかたないさ」

「まあ、がんばれよ。落ち着いたら手紙でもくれ」

「ああ、じゃあな。またな、ジル」

「はい」

ユアンが去る。やがて宝物棟に着いたジルは、棚《たな》にそれがおさまったのを見届けてから、使用人に礼を告げてあとにした。

素晴らしい芸術品に少しでも関《かか》われたことを、心から幸せに思って。

親愛なるソフィへ
お元気ですか。みんなお変わりなく過ごしていますか。
先日届いたあなたからのお手紙、楽しく読ませてもらいました（〝お兄様〟って書いてくれてありがとう！　読んでいるところを誰かに見られたら大変だものね。気遣《きづか》い、嬉しいわ）。

そうそう、ケニーと仲良く過ごしていると知って、にやけてしまいました。このままうまくいくことを、キルハの空から願っています。

私はやっとこのお仕事にも慣れて、面白《おもしろ》く感じはじめています。それに、今日はアイリーン王女殿下《でんか》にお会いすることができました。そう、王女殿下です！　とても可愛《かわい》らしい方で、すっかり見惚《みと》れてしまいました。毎日が新しいことの連続です。


そこで、ペンが止まった。教師の資格を得るという目的を忘れたわけではないが、残日が気にならなくなっていることに気づき、戸惑《とまど》ってしまったからだ。

（私、どうしたのかしら……）

ふいにライナスの言葉が、頭のなかに蘇《よみがえ》る。

――〝教師になるのはやめてまだここにいたい〟と、君に言わせることにしたよ。

ジルはブルッと身震《みぶる》いした。大変だ、それが現実になってしまいそうな予感がする！

（ダメよ。男装を隠《かく》しとおせたとしても、せいぜい一年が限度だわ。それ以上ここにいたって、私自身の人生を棒に振《ふ》ってしまうもの）

女性としての、人生を。たとえ独身であろうとも、男性として生きるつもりはない。あくまでもこれは、資格を得るまでのことなのだ。

ジルは奥のドアを見た。ライナスはまだアトリエにいるが、いつ隣室《りんしつ》に来るとも知れない。

学び終えた書物もあるし、気分転換《てんかん》に書庫へ行こう。

書きかけの手紙を引き出しの奥に隠して、椅子《いす》から腰《こし》を上げた。ランプを手にして書物を抱《かか》え、ジルは芸術棟を出た。


回廊《かいろう》や廊下はろうそくが灯《とも》っているが、書庫に明かりはない。窓から差し込む月明かりが、書庫内をほの青く包んでいる。その明かりを頼《たよ》りに、ジルは芸術書のある奥まった書棚《しょだな》へ向かった。

書物とランプをテーブルに置き、明かりを灯そうとしたときだ。こちらに近づく足音が聞こえた。夜の書庫で誰かに出くわしたことがなかったため、びっくりしたジルは一瞬《いっしゅん》固まった。

(ううん、うしろめたいことなんてなにもないもの。堂々としましょう)

気にせずにマッチを擦《す》ろうとした――寸前。

「……誰かいるかもしれない」

壁《かべ》のように立ちはだかる書棚の向こうから、聞き覚えのある男性の声がした。ジルはとっさに手を止めた。

「庭園だと人目についてしまうし、ここなら大丈夫《だいじょうぶ》です。こんな時間ですもの。どなたもいらっしゃらないでしょう」

女性のその声音《こわね》にも、覚えがある。出て行くべきだとジルが迷っているうちに、二人分の靴《くつ》音《おと》が近づいて来た。もしかして、これは。

（……密会？）

姿を見せる機会を逃《のが》したジルは、ランプと本を抱え持ち、とっさにテーブルの下に隠れた。

と、テーブルの手前にある書棚の先で、靴音が止まった。

「……それで？　俺に話したいこととはなんだ。アイリーン」

瞠目《どうもく》したジルは、必死に息を殺す。女性はやはり、王女殿下だ。では、男性は？　うすうす勘《かん》づいてはいるものの、まだそうと決まったわけではない。

「……わたくしが寂《さび》しく感じていることを、どうしても伝えたかったのです。アンドリュー」

（──やっぱり、アンドリュー様！）

驚きのあまり、ジルの鼓《こ》動《どう》はバクバクと脈打ちはじめる。テーブルの下でしゃがんだまま、息も声も漏《も》らさないように唇《くちびる》を噛《か》んだ。

「わざわざ言葉にしなくても、ちゃんとわかっている。俺だって寂しい。もうあなたのそばにはいられないからな」

「……ええ。でも……あなたは子どものころからいつも一緒《いっしょ》にいてくれたんですもの。そのあなたに、もうすぐ会えなくなってしまうと思うと、寂しくて哀《かな》しくてたまらないのです」

王女の声が震《ふる》えていた。哀しげな彼女の背中を思い出し、ジルは息をのんだ。

(王女殿下は、アンドリュー様に想《おも》いを寄せているんだわ……！)

アンドリューのため息が聞こえる。

「二度と会えないわけじゃない。結婚《けっこん》したあとも社交の場で、顔を合わせることになる。だから泣かなくてもいい、アイリーン」

泣くまいとする王女の息づかいが、やがて大きくなっていく。

「……わたくしは幼いころから、この国の王女としての教育を受けてきました。いずれは他国へ嫁《とつ》がされるだろうことは、常に頭の隅《すみ》にありました。だから……こうなることははじめからわかっていました。けれど……いつもそばにいてくれたあなたを、どうしても忘れることなんてできないのです」

「……俺にとって、あなたは美の女神《めがみ》だった。あなたを見た瞬間、誰《だれ》よりもあなたを、もっと美しくしたいと思った。自分のこの手で」

とうとう王女がすすり泣いた。その声に、衣擦《きぬず》れのかすかな音が重なった。たぶんアンドリューが、王女をそっと抱《だ》きしめたのだ。

「あなたはもう、俺に守られる幼いお姫様《ひめさま》じゃない。この国を背負って嫁ぐ、立派な他国の王太子妃《ひ》だ。そうだろ？」

彼は立派な方だと、アンドリューは苦しげに続ける。わかっていますと王女は答えた。

「彼のことは好ましく思っています。相手があの方でよかったと思っています。けれど……」

「けれど？」

王女の泣き声が、薄闇《うすやみ》にとけていく。

「泣かないでくれ、アイリーン。いま抱《いだ》いている寂しさに、あなたはいずれ慣れる。やがていつか忘れる。いや……夫となる王太子殿下が、忘れさせてくれるだろう」

「それで、あなたは？　あなたもわたくしを、忘れてしまうの？」

涙声《なみだごえ》のあとで、アンドリューの切なげな嘆息《たんそく》が落ちた。

「いいや。たとえあなたが俺を忘れたとしても、俺はあなたを忘れない。俺にとってあなたは、誰《だれ》よりも大切な美の女神で、永遠の友人だから」

——永遠の友人。

そう言いきったアンドリューの気持ちを思うと、あまりの辛《つら》さにジルは目を瞑《つぶ》った。

——こだわり抜《ぬ》いた生地《きじ》の、王女のための最後のドレス。一年をかけた、タペストリー。恋《こい》の経験がないジルにも、アンドリューが抱いている感情がなんなのかくらいは、はっきりわかる。けっして友人に対する想いじゃない。

（……アンドリュー様も、王女殿下を想っているんだわ）

けれど、婚約を控《ひか》えている王女の気持ちを乱せば、両国間に関わる事態になりかねない。そのうえ、もしも素直《すなお》に想いを伝えたら、王女を苦しめることになる。だからこそアンドリューは、そう言うしかないのだ。

王女は幾度《いくど》も吐息《といき》をつき、声を震わせた。

「永遠の……友人？　あなたは……わたくしのことを、友人として見ていただけ、なのですか」

アンドリューは苦しそうに、「そうだ」とささやいた。

「あなたがいま抱いている感情も、俺と同じものだ。あなたはいままで、一緒に過ごした者と離《はな》れる経験をしていない。浅はかな勘違《かんちが》いで、目の前の幸せを手放してはいけない。はじめてのことに戸惑うのもわかるが、俺たちがお互《たが》いに抱いている感情は……友情だ。俺はそう思う。でも、これだけは言わせて欲しい。俺も心から寂しく思っているよ、アイリーン」

「……本当に？」

「……本当だ。だから、顔を上げてくれ。美しいあなたを記憶《きおく》に焼き付けたい」

涙を堪《こら》える王女の息づかいが、静まり返った書庫を包んだ。

「これから社交の場で、わたくしに冷たくする？」

「せいぜい一国の公爵《こうしゃく》らしく、振る舞《ま》うとしよう。だからあなたも、王太子妃として接してくれ」

王女を苦しめまいとするアンドリューの優《やさ》しい嘘《うそ》が、ジルの胸を押しつぶしていく。

「俺はあなたの幸せを、心から願っている。あなたの未来が幸せな日々になるように、その想いのすべてをタペストリーに込めた。婚約式の日、お互いに大切な友人でいることを、〝永遠の友人〟でいることを……そのタペストリーに、誓《ちか》い合おう」

長い静寂《せいじゃく》が訪《おとず》れた。やがて王女は諦《あきら》めたような、それでいて凜《りん》とした声音を放った。

「……永遠の、友人。ええ……そうね。わたくしにとってあなたは、ずっと大切な人です。きっとわたくしが、この世を去るまで。ですから、あなたのタペストリーにそう誓うと、お約束しましょう」

ふたたび沈黙《ちんもく》に包まれる。その静けさを破るかのように、王女は続けた。

「……アンドリュー、どうか気を悪くなさらないで。けれど自分のこの想いを言葉にしなければ、一生後悔《こうかい》すると思ったのです」

「わかっている。気を悪くするどころか光栄だ。ありがとう、アイリーン。……さあ、戻《もど》ろう。みんなに捜《さが》されると面倒《めんどう》だ」

それ以降は無言のまま、二人の足音が遠ざかった。

恋になる前に——終わった恋。

おそらく二人は、それをわかっている。わかっていて感情のすべてを、たった今のみ込んだのだ。それぞれの未来を、歩んでいくために。

ジルはしばらく待ってから、テーブルの下から這《は》い出て立ち上がった。

（お互いに同じ想いを抱いているのに、添《そ》い遂《と》げられないだなんて……）

礼節を欠いたおせっかいは好きではないが、それでも二人のためになにかできないだろうかと考えてしまう。いや、あるわけがないのだ。陰《かげ》ながら見守るしかない。

長いこと考え込んでいたせいで、こちらに近づく靴音に気づけなかった。

——誰か来る！　はっとした瞬間《しゅんかん》、靴音の主が立ちはだかった。

「誰かいたかもしれないと、念のために戻れば……お前か」

月明かりに照らされたアンドリューの険しい形相に、ジルの背筋は凍《こお》った。震えの止まらない手を、ジルは必死の思いで握《にぎ》り締《し》める。

「盗《ぬす》み聞きするつもりはありませんでした。けれど、隠《かく》れてしまったのは事実です。いま見聞きしたことは、絶対にどなたにも言いません。本当に申し訳ありませんでした」

射るような眼差《まなざ》しを和《やわ》らげることなく、アンドリューは吐《は》き捨てた。

「……信じてやる。ほかには誰もいないだろうな」

「はい。僕のほかは誰もおりません」

髪《かみ》をかき上げたアンドリューは、表情をこわばらせたまままきびすを返した。そのまま見送るつもりだったのに、思わず口から飛び出してしまった。

「……あの！　あなたも王女殿下《でんか》を——」

「——言うな。言ったらお前の首を絞《し》めるぞ！」

振《ふ》り返った彼の表情は、苦しげに歪《ゆが》んでいた。

「俺は彼女の幸せを願っている。イルタニアの王太子殿下は、賢王《けんおう》になりうる方だと評される青年だ。彼女にとってもこの国にとっても二度とない機会だ。些末《さまつ》な感情に振りまわされて、破談にするわけにはいかない。わかるな」

ジルはうなずいた。けれど、言わずにはいられなかった。

「……なにか。なにか僕に、できることはありませんか」

アンドリューは嘲《あざけ》るように笑った。ジルをではなく、自分をそうするかのように。

「せいぜい、婚約《こんやく》式の邪魔《じゃま》をしないことだ」

王女の門出《かどで》の日。その日を、アンドリューは最後まで見届けようとしている。

彼女に幸せな未来があることを願って、その願いをタペストリーに込めて、祝福のうちに見送ろうとしているのだ。アンドリューの感情は、恋と呼べるものを超《こ》えている。

これはきっと——そう、愛だ。

タペストリーと同じほどの美しい想《おも》いに、ジルの胸は強く打たれた。

「わかりました。芸術棟《とう》の助手として、みなさんのお力になれるよう、精一杯《せいいっぱい》勤めさせていただきます。ですから、なんでも僕にお申し付けください」

一瞬目を見張ったアンドリューは、冷ややかに言い放った。

「お前に申し付けることなどなにもない。が、その意気込みだけは買ってやる」

背中を向けて歩き出し、彼は去った。

現実は思いどおりにいかないものだ。受け入れて、のみ込むしかないときもある。それでも、二人の気持ちを思うと切なくてやりきれず、ジルは肩《かた》を落とした。

見守ることしかできない無力な自分が、どうしようもなくやるせなかった。

(……せめて婚約式が無事に行われるよう、祈《いの》ろう)

胸で両手を重ねたジルは、まぶたを閉じて四大天使に祈った。

どうかなにごともなく、婚約式が行われますように——と。


冷静になるべく庭園を歩き続けたジルは、深夜になってから芸術棟に戻った。

ドアが開け放たれているライナスのアトリエから、明かりがもれている。ジルはなにげなく室内をのぞいた。

ライナスの姿はなく、アスコットタイと上着が椅子《いす》の背もたれにかかっている。テーブル上のパレットに筆が添えられており、さっきまで絵を描《か》いていたかのような気配だけがある。

壁《かべ》一面の幻想《げんそう》的な森を視界に入れたジルは、ゆっくりとその絵に近づいた。間近にしたとき、身体《からだ》が軽くなるような浮遊感《ふゆうかん》に包まれて、現実世界から心が離れていく。この感覚は、いったいなんなのだろう?

(本当に、魔術《まじゅつ》みたい……)

その美しさに心は安らぎ、慰《なぐさ》められた。と、奥のドアが少し開いていることに気づく。

靴音《くつおと》をたてないように近づくと、ライナスが長椅子に横たわっていた。

腕《うで》を組み、背もたれを向いて眠《ねむ》っている。薄《うす》く口を開き、まつげを伏《ふ》せて眠る姿は、無邪気《むじゃき》であどけない少年のようだ。

（……ライナス様は、どんな人生を送ってきたのかしら）

カーティスやレイモンド、アンドリューも。

彼らについてジルが知っていることといえば、知識として覚えた経歴だけだ。彼らがなにを思いどんな人生を歩んできたのか、なに一つ知らない。いや、知ろうとしていなかった。

――そんな余裕《よゆう》が、なかったから。

爵位《しゃくい》を持つ貴族である前に、彼らも自分と同じ人間なのだ。芸術の才能に恵《めぐ》まれ、誰《だれ》もが羨《うらや》む立場にいようとも、アンドリューのようにどうにもならないことを経験し、のみ込んだこともあるだろう。もしかすると、その連続かもしれない。

少しずつ知っていこうと、ジルは誓った。大丈夫《だいじょうぶ》、まだ時間はある。

椅子の背もたれにあった上着を掴《つか》んだジルは、ライナスの身体にそれをかけた。アトリエを出てから自室に戻り、引き出しから小さなドレスと道具を出す。

針に糸を通したジルは、レベッカのほつれたドレスの裾《すそ》を繕《つくろ》いはじめた。

第四章　ドレスと助言と裏切りの夜

婚約式が十七日後に迫《せま》った夜。

ジルは自室で、主《あるじ》たちの予定を整理した。殴《なぐ》り書きのメモを並べて暦《こよみ》に記し、全員が出払《ではら》う三日後に印をつける。

（やったわ。久しぶりにゆっくりお風呂《ふろ》に入れる！）

これまでも湯を浴びてはいたけれど、のんびりと浴槽《よくそう》に浸《つ》かれずにいたから、嬉《うれ》しくてしかたがない。そのうえ、存分に眠れる貴重な夜だ。想像しただけでうっとりしてしまう。

それにしても、ライナスが夜会に出《で》掛《か》けるなんて珍《めずら》しい。行き先はメイデル伯爵《はくしゃく》家とのことだったが、彼が社交の場へ赴《おもむ》くのは、ジルがここへ来てからはじめてのことだ。

今夜、カーティスは職人たちとパブに行っており、戻りは朝方になる。レイモンドは晩餐《ばんさん》会に出掛けていて、アンドリューも屋敷《やしき》へ帰っていた。

（芸術棟にいるのは、私とライナス様だけだわ）

ジルは奥のドアを見た。彼が突然《とつぜん》入って来ることはなくなったものの、いっときも安心できない夜は続いている。息を詰《つ》めながら、ジルは建築に関する書物を開いた。

──ディランドにおいての聖堂および教会、礼拝堂の天窓は、自然光を四大天使がもたらしたものとする宗教的見地から、それを遮《さえぎ》るものはあってはならない聖域とされている──。

礼拝堂という一文を目にした瞬間、書庫での出来事を思い出してしまった。あれからアンドリューの態度に変わりはなく、ジルもなにごともなかったかのように接している。けれど一度だって、頭の隅《すみ》から離《はな》れたことはない。

すっかり集中が途《と》切《ぎ》れてしまい、いったんページを閉じたジルは、服飾《ふくしょく》の歴史を紐解《ひもと》いた。それから宗教絵画について学び、レイモンドの新作を読んでから、レベッカのドレスを繕ってしまおうと思いたつ。だがその前に、確認《かくにん》すべきことがある。

立ち上がったジルは、奥のドアに耳を押しつけて気配をうかがった。ライナスはまだアトリエにいるのか、物音一つせず静かだ。テーブルに戻《もど》ったジルは、水差しの水をグラスにそそいで飲んだ。

(よし、急いで繕ってしまおう)

引き出しから小さなドレスと裁縫《さいほう》道具を出し、針に糸を通した。

あんなにたくさんのテディ・ベアを〝友人〟と呼ぶレイモンドには、気の合う友人がいないのかもしれないとなにげなく思う。もともと神童と謳《うた》われた天才だ。彼が仲良くなりたいと願っても、相手が尻込《しりご》みして距離《きょり》を置かれた可能性もある。

そんなことが重なったあげく、うしろ向きな性格になってしまったのかもしれない。

(私の想像だし、はじめからああいう性格かもしれないけれど……)

小さなドレスのほころびを縫《ぬ》っていく。きれいに仕上がるのが楽しくて、ジルは思わず微笑《ほほえ》んだ──そのとき。

「女の子みたいだね」

ひゃっ！　とジルは椅子の上で飛び上がった。いつからそこにいたのだろう。腕を組んだライナスが、奥のドア口にもたれるようにして立っている！

ドアを閉めたライナスが、ジルに近づく。勝手に椅子を引いて座ると、のんびりとした態度で頰杖《ほおづえ》をつき、ジルを見つめてニヤリと笑《え》んだ。

「さては気が緩《ゆる》んでいたね。おかげでびっくりする君が見られた」

(──え⁉)

「……ま、まさか、いままでなりを潜《ひそ》めていたのは、このときを待っていたから……という？」

「そうだよ。僕はなかなかに策士なんだ。しばらく静かにしていたら、きっと君は安心するだろうと思ってね。おかげでそんな顔を見られた。我慢《がまん》したかいがあったな」

そう、だったのですか……。なんだろう、この負けたような悔《くや》しさは。

「レイモンドから聞いてはいたけど、お裁縫までできるとは驚《おどろ》きだ」

含《ふく》みのある彼の視線に、ジルの気まずさは最高潮に達した。

「ボ……ボタンくらい自分でつけられるようになりたかったのです。母にそう言ったら、殿方《とのがた》であっても裁縫ができるのはよいことだと、教えてもらったのです……」

こんなに嘘《うそ》をつく女の子になるとは思わなかった。罪悪感を押し込めて、ジルは表情を強張《こわば》らせる。ライナスはそんなジルを無言で見つめた。

(この視線がすごく苦手だし、気まずいわ。なにを考えているのかわからないんだもの)

裁縫道具を引き出しに入れてから、彼をちらりと上目遣《うわめづか》いにする。まだ見られている。しかもその眼差《まなざ》しは鋭《するど》い。

(もしかして、正体がバレた？　ううん、いまの言動からそれはないわよ……たぶん)

「あ、あの……どうしたんですか。僕になにか用事でも？」

緊張《きんちょう》でのどが渇《かわ》き、水の入ったグラスを摑む。ライナスは頬杖をついたまま、ジルから視線をそらさずに嘆息《たんそく》した。

「実はそうなんだ。ずっと考えていたことがあるんだけど……どうかな、ジル」

「どうかなって、なにがでしょうか」

ジルが水を口に含んだ直後、彼は言った。

「僕の恋人《こいびと》になってくれないか」

——ゲフッ！

水を噴《ふ》き出してしまった！　ありえない。いままでの人生でこんな失態を見せたことはないし、これほど慌《あわ》てたこともない。

（いっ……いきなりなんなの!?　わけがわからないわ！）

濡《ぬ》れたテーブルを布巾《ふきん》で拭《ふ》くジルを、ライナスは楽しげに見ている。

「あ、ああ、あなたはなにをっ！　自分のおっしゃっていることが、わかっているのですかっ!?　ぼ、ぼぼ僕は男ですよ！」

「やったぞ。君の素顔《すがお》が少し見られた」

「こ、こんなのは素顔じゃありません！　慌てているだけです。同性からそんなことを言われたら、誰だってこうなります！」

「まあ、そうかもね。たしかに」

ゆったりと頬杖を解いたライナスは、背もたれに身体《からだ》を預けて腕を組んだ。

「でも、僕としては満足だ。君はもっと感情を出したほうがいい。賢者《けんじゃ》のように聡明《そうめい》でも、若者らしく泣いたり笑ったり怒《おこ》ったりすることを、もう少し自分に許してあげたらどうかな」

え？　とジルが困惑《こんわく》したとき、ライナスは一瞬《いっしゅん》、眼光を強めた。

「そうでなければ、君の人生がもったいない。——生きているんだから」

ジルの胸の奥に、その言葉がズシリと響《ひび》いた。

（そんなことを誰《だれ》かに言われたの、はじめてだわ）

彼の眼差しから、目をそらせない。鼓動《こどう》が激しくなり、居心地《いごこち》の悪さを感じた。やっとの思いで視線をそらそうとした矢先、ライナスの視線が和《やわ》らいだ。

「君のような弟がいたら楽しかっただろうと、ときどき思うよ。アトリエで眠《ねむ》る僕に上着をかけてくれたのも、君なんだろ？」

アトリエでのことを思い出して、ジルはうなずいた。

「え、ええ……まあ」

「よく気がつくね。可愛《かわい》い奴《やつ》だ」

ドキリとして、カッと頰《ほお》に熱が走る。

「そういうの……やめてください。苦手です」

女性として可愛いと言われたわけじゃない。そうわかっていても、平静でいられなくなる。感情が揺《ゆ》さぶられて自分を見失ったら、女性だとバレてしまうかもしれないからだ。それが怖《こわ》いから、常に冷静でいようと努めているのに、彼はジルの素顔を容赦《ようしゃ》なく暴《あば》こうとしてくる。

――なにがあっても、バレるわけにはいかないのに。

「あの……用事がないのなら、帰っていただけませんか」

ライナスはクスッとした。

「用事はあるよ。さっき言ったとおりだ」

「……えっ？　まさか……？

「恋人になること、でしょうか……」　眉《まゆ》を寄せるジルを見て、ライナスはまた頬杖をつく。

「三日後、僕が夜会へ行くことは知っているね」

「ええ、メイデル伯爵《はくしやく》家ですね」

「断るつもりだったものの、野暮《やぼ》用ができてそうもいかなくなったんだ」

そう言ったライナスは、内ポケットから一枚の紙を出した。

「君を信用して見せる。まだ誰にも言わないでくれ」

「わかりました」

受け取ったそれを見て、目を見張ったジルは息をのむ。

（――手刷りの風刺画《ふうしが》だわ！）

薔薇《ばら》を差し出す間抜《まぬ》け面《づら》のディランド国王が、猛々《たけだけ》しいイルタニア国王に踏《ふ》みつけられている乱雑なペン画だ。その下には、〝ひ弱なディランドは無骨なイルタニアに片思い〟などという、呆《あき》れた文章が躍《おど》っている。

銅貨一枚の値段で売られる風刺画は、居場所を転々と変える絵師とも呼べない者たちが、ならず者を雇《やと》って売り歩かせる。人の悪意を刺激《しげき》する風刺画は、日々の生活に鬱憤《うっぷん》を抱《いだ》く人々のはけ口になっていた。

「この風刺画、どうしたんですか」

「先日、宰相閣下《さいしょうかっか》に見せられてね。そのタッチには見覚えがあるから、彼を問いつめてみようという僕のささやかな企《たくら》みが、野暮用の理由だ」

「メイデル伯爵家に、これを描《か》いた方がいるんですか？」

「違《ちが》ったらそれでいい。でも、一時期はここの助手だった青年だ。一応主《あるじ》だった者としては、面倒《めんどう》でも見過ごせないし、もしも彼ならこっぴどく罰《ばっ》しなくてはいけない」

「えっ！　助手だった方なのですか？」

そうだとライナスは話す。一月半《ひとつきはん》ほど前に雇ったものの、アンドリューとそりが合わず、口《くち》喧嘩《げんか》の末に一週間で去ったのだそうだ。

「もしもその方だとしたら、どうしてこんなものを」

「目立ちたがりの果ての愚行《ぐこう》だろう。最悪なのは、宰相閣下に目をつけられたことだ。内々におさめられるなら、そうしようと考えている。婚約式《こんやくしき》も近いしね」

そういうわけで夜会に赴《おもむ》くのだが、やっかいな問題があると彼は苦笑《くしょう》する。ジルは察した。

「ああ……ご令嬢《れいじょう》の方々が、集まってしまいますね」

「そのとおり。だから恋人のふりをしてくれる女性を連れて行きたい。でも勘違《かんちが》いをさせてしまう恐《おそ》れがあるから、〝本当の女性〟には頼《たの》めない。それで、ドレスの似合いそうな君に白羽の矢をたてたんだ。君は男だから、僕がどんな言動をしても平気でいてくれるだろ」

どんな言動って、いったいどういう言動なのだろう。一抹《いちまつ》の不安を覚えたものの「ええ」とジルはうなずいた。

「これも助手の仕事だと思って、請《う》け負ってもらえると助かるよ。どうかな」

つまり、女装をしてついて来てほしいということだ。ジルは表情を曇《くも》らせる。なにしろ田舎《いなか》でのあだ名は、〝壁《かべ》の花〟だったのだ。そんな自分がドレスを身にまとったところで、もとに戻《もど》るだけではないか。

「つまり、あの……あなたはほかのご令嬢が近づけないような女性を、連れて行きたいのですよね。でも、僕がそうなれるとは思えません。ほかの方を捜《さが》したほうが得策です」

「それなら、大丈夫《だいじょうぶ》。前にアンドリューが紹介《しょうかい》してくれた女性がいるから、彼女にお願いするよ。既製品《きせいひん》を扱《あつか》っていて、髪型《かみがた》も化粧《けしょう》もすべてこなしてくれる。前王妃《おうひ》の侍女《じじょ》だった方で、名前はマダム・ヴェラ。スタイリストだ」

ジルは目を丸くした。

「スタイリスト？　そんな職業、はじめて聞きました」

「アンドリューはそう呼んでる。大丈夫、きっと君を変身させてくれるはずだ」

顧客《こきゃく》には名だたる名家の令嬢が、名を連ねているらしい。そんな彼女の腕《うで》をもってしても、限界があるように思われたものの、仕事だと言われたら断れない。

「わかりました。そのお仕事、請け負わせていただきます」

ライナスは嬉《うれ》しそうに微笑《ほほえ》んだ。

「ああ、よろしく頼むよ」

夜会を明日に控《ひか》えた午後。主たちの用事をこなし終えたジルは、書庫へ向かう前に庭園の噴《ふん》水《すい》周りに腰掛《こしか》けた。爽《さわ》やかな風が心地《ここち》いい。

豪奢《ごうしゃ》な馬車が門を通る光景が、目に映る。銀王宮を訪《おとず》れた高位の貴族たちは、二週間後に迫《せま》った婚約式まで東翼《とうよく》に滞在《たいざい》するのだ。

王女殿下《でんか》は礼拝堂でのリハーサルをはじめ、イルタニアの王太子殿下ご一行を出迎《でむか》える準備も佳境《かきょう》となり、王宮内の慌ただしさは最高潮に達していた。そのせいかどこにいても、そわそわとして落ち着かない。深呼吸をしたジルが、大きく伸《の》びをしたときだ。

「ジル！」

手を上げながら近づくユアンに、ジルは笑顔《えがお》を返した。

「ユアンさん。いよいよ明日ですね」

ああ、と答えたユアンは、どことなく暗い表情でジルの隣《となり》に座った。きっとここを去るのが寂《さび》しいのだろう。

「明日は何時の列車ですか」

「最終の夜行だ」

「そうですか……。明日の夜は用事があるので、見送ることができなくて残念です」

ユアンは照れたようにうつむいた。

「いいんだ。見送りとか照れくさいし、そのほうがいい」

明日は午後まで厨房《ちゅうぼう》で働き、使用人棟《とう》で荷造りをするのだとユアンは言う。

「同僚《どうりょう》が使用人棟で送別会を開いてくれるらしくてさ。きっと泣くからやめてくれって言ったのに、聞いてくれなくてまいるよ」

苦笑するユアンに、ジルは笑みを向けた。仲間に信頼《しんらい》されていたのが、よくわかる。

「いろいろと気遣《きづか》っていただいて、感謝しています。あなたのおかげで助かりました。本当にお世話になりました。ありがとうございました」

「大げさだな。俺はなにもしてないさ。がんばったのは君だ。俺じゃない」

「それでも、ずいぶん励《はげ》まされました」

ユアンはやっと、顔をほころばせた。

「なら……いいことができたってことだよな。よかったよ、本当に」

ユアンと別れてから書庫に向かって歩いていると、貴族たちに出くわした。

ライナスが描いた女神《めがみ》の絵画の前に集まり、あれこれと意見を交《か》わしている。どうすれば彼の絵を手に入れられるのか、自分の肖像画《しょうぞうが》を描いてもらえるのか。話題はそればかりで、絵画の素晴《すば》らしさを素直《すなお》に誉《ほ》め称《たた》える者はいなかった。

自慢《じまん》するために、権力を誇示《こじ》するために手に入れたい――それればかりだ。

「下品このうえないことです」

ふいにレイモンドの声がして、ジルは振《ふ》り返った。彼は数冊の書物を抱《かか》えている。

「あっ、書庫でしたら僕が行きます」

「いえ、少し気分転換《てんかん》に歩きたいので、おかまいなく」

通り過ぎたレイモンドのうしろに、ジルも続いた。こんなふうにレイモンドと王宮内を歩くのははじめてだ。と、レイモンドに気づいた貴族の一人が駆《か》け寄って来た。

「これは……バクスター子爵！」

見つかったと言わんばかりに、レイモンドはチッと舌打ちした。

「新作、拝読させていただきました。正直なところ、大変感銘《かんめい》を受けました！」

「はあ。インテリアの一部になっていることがよくわかる、ずいぶんふわっとしたご感想ですね。まあ、いいでしょう。では」

さっさと一礼したレイモンドは、ぽかんとする貴族を置き去りにした。

「大げさに声をかけてくる貴族たちのほとんどは、私たちと〝顔見知りである〟と自慢したい輩《やから》ばかりです。実際に作品を愛してくださる方々ももちろんいますが、そういった方々はあまり表に出たがらず、控えめであることが多い」

「以前もバーリー卿《きょう》という方が、ライナス様に声をかけていました。彼もそうなのですか」

「国王陛下のもとには宰相閣下をトップとし、大臣職の廷臣たちがいます。その下に議員。バーリー卿は議員の一人で、権力誇示のためだけに美術品を収集している方の一人です。あまり関《かか》わらないように」

ジルは驚《おどろ》いた。

「美術品で、権力の強さが決まるのですか」

「この国ではそうです。そして、ときにそれは賄賂《わいろ》に変わる。とくにライナスの創作物は、貴族たちにとって金銭以上の意味があります。手に入りづらいですから」

「金銭以上？」

戸惑《とまど》うジルに、レイモンドは冷ややかに告げた。

「ええ。それにかつての助手のなかには、ライナスのスケッチを破って盗《ぬす》んだ者もいました」

「えっ！」

目を見張るジルを、レイモンドは流し見た。

「腹いせもあるでしょうし、高値がつきますからね」

「腹いせ？」

「私たち全員に才能を誉め称えてもらえず、自尊心を地の底まで落とされた腹いせです」

ジルはほとほと呆《あき》れてしまった。例の風刺画疑惑《ふうしがぎわく》のある者までいるし、そんなことをしてなんになるというのだろう。

「その助手の方は、捕《つか》まったのですか」

「いいえ。ライナスはそういったことを面倒《めんどう》くさがりますし、そもそも私たち自身、かつての助手をよく覚えていません。誰《だれ》がそうしたのか判断がつきませんから、まあ、諦《あきら》めるよりほかはありませんよ」

「そんな……僕は絶対に、そんなことはいたしません！」

こんなにも怒《いか》りを覚えたのは、久しぶりだった。真剣《しんけん》に訴《うった》えるジルを、レイモンドは冷たく一瞥《いちべつ》する。

「まあ、口ではどうとでも言えるでしょう。せいぜいその言葉を忘れずに」

友人たちの繕《つくろ》いものを任されているだけで、認められたわけではないのだ。

彼らの信頼を得るには言葉ではなく、行動でしめさなくてはいけないのだと、姿勢を正したジルは肝《きも》に銘《めい》じた。

夜会当日の午後。

開放された芸術棟に訪問者が来なくなったころ、ライナス以外の主《あるじ》たちはそれぞれの用事で出払《ではら》った。

ライナスから紹介状《しょうかい》とメモを受け取ったジルは、箱馬車に乗って銀王宮を出た。マダム・ヴェラのもとで変身したあと、ライナスの屋敷《やしき》で待ち合わせをし、一緒《いっしょ》に夜会へ赴《おもむ》く段取りだ。

自分の変身具合に期待はしてないが、しょぼくれた令嬢《れいじょう》を連れているとなれば、恥《はじ》をかくのはライナスだ。どんな仕上がりになろうとも、せめて堂々と振る舞《ま》おうと決めている。

(問題はどうやって着替《きが》えるかだわ。女性だってバレないようにしないと)

不安を覚えたところで、馬車が停《と》まった。扉《とびら》を開けてくれた御者《ぎょしゃ》に礼を言ったジルは、馬車から降りてびっくりした。視界に飛び込んだのが、石造りの雅《みやび》やかな邸宅《ていたく》だったからだ。

メモをたしかめると、住所はたしかにここだ。

レース編みを連想させる練鉄の門を通り抜《ぬ》け、正面玄関《げんかん》の階段を上がる。両開き扉の前に立ってノッカーを叩《たた》くと、すぐに家臣らしき男性があらわれた。

紹介状を渡《わた》すと、家臣はジルを丁重《ていちょう》に招き入れてくれた。

「少しお待ちください」

サイドテーブルの銀トレイに紹介状をのせて持ち、ゆったりとした足取りで螺旋《らせん》階段を上っていく。吹《ふ》き抜けの階上を見上げたジルが待つこと数分。一人の女性が下りて来た。

年齢《ねんれい》は六十代くらいだろう。白髪《しらが》交じりのプラチナブロンドをきっちりと結《ゆ》い上げ、眼鏡《めがね》をかけている姿は厳しい教師を思わせる。光沢《こうたく》のある灰色のドレスは、スタンドカラーで禁欲《きんよく》的だ。唯一華《ゆいいっか》やかさを添《そ》えているのが、指に輝《かがや》くダイヤの指輪と耳飾《みみかざ》り。

華美《かび》さはないのに、気品がある。彼女によく似合っているとジルは思った。

「ロンウィザー侯爵《こうしゃく》様のご紹介で参りました。助手のジル・シルベスターと申します」

「紹介状、たしかに受け取りました。同封《どうふう》のお手紙により、事情も承知いたしました」

階段を下りた彼女が、コツコツと床《ゆか》を鳴らしながら近づいて来る。背が高く見えたのに、目前に立った彼女はジルよりもずっと小柄《こがら》だった。

「わたくしはヴェラと申します。以後、お見知りおきを」

ヴェラは二階の試着室に、ジルを通した。色とりどりのドレスがずらりと並び、中央には優美な装飾《そうしょく》の大きなデスク、そして全身鏡が置かれていた。

彼女はデスクに手を伸《の》ばし、メジャーを摑《つか》んだ。ジルを鏡の前に立たせて上着を脱《ぬ》がせ、無駄《むだ》のない動きで身体《からだ》を測っていく。

胸にメジャーがあたったとき、ジルはヒヤヒヤしながら呼吸を止めた。そのかいあってか、ヴェラは顔色一つ変えずに測り終える。バレずに済んでよかったと、ジルが安堵《あんど》した直後。

「長く生きていると、面白《おもしろ》いこともあるものですね。まさか男装の令嬢に会えるとは」

さっぱりとした語調で、ヴェラが告げる。ジルは焦《あせ》った。

「——あっ、あの！」

「なにか理由がおありなのでしょう。大丈夫《だいじょうぶ》、誰にも言ったりいたしません。噂《うわさ》ごとは若いご令嬢にお任せしておりますから」

信頼《しんらい》できる人のようだ。それでもドキドキしながら棒立ちになっていると、彼女はメジャーをデスクに置いた。

「けれどおそらく、あなたを抱《だ》きしめた殿方《とのがた》はわかるでしょう。もしも貫《つらぬ》くおつもりでしたら、どうかご注意を」

一瞬《いっしゅん》ドキリとしたが、そんなことあるわけがない。

「は……はい。でも、そんなことで本当にわかるものなのですか？」

「見た目と実際の感触《かんしょく》は違《ちが》うものです。骨格や肉感、肌《はだ》や香《かお》り。女性をよく知っている殿方であれば、間違いなく見抜《みぬ》くでしょう。それも、瞬時に」

よくわからないが、気をつけるに越《こ》したことはなさそうだ。

「わかりました。気をつけます」

ヴェラは鏡越《ご》しに、ジルを見定める。やがてジルから離《はな》れると、ドレスを選びはじめた。

「ほかのご令嬢では着こなせないドレスが、あなたには似合うように思われます。細身ですらりとした姿体には、洗練された知的さと強さを押し出すようなドレスがいいでしょう。無垢《むく》な女性を連想させる愛らしいものは、あなたには似合いません。それはあなたを〝壁《かべ》の花〟にしてしまう」

（――え？）

「それは……どういう、ことですか」

「誰にでも唯一《ゆいいつ》無二の魅力《みりょく》があり、それを最大限に引き出してこそ、女性は輝くのです。現に、あなたには男装がよく似合う。もしも女性だったとき、愛らしいドレスを身にまとっていたのだとしたら、それはさぞかし知性あふれるせっかくのあなたを、つまらない女性に見せていたことでしょう」

数着のドレスを腕《うで》にかけて、ヴェラはジルを見た。

「では、試着していただきましょう」

ジルの服と靴《くつ》は、ヴェラの家臣が明日届けてくれるという。しかもいま身に着けているものはライナスが買い取ってくれるので、返さなくていいらしい。

何度も礼を伝えたジルは、彼女の邸宅をあとにした。

長いこと待っていてくれた馬車に近づくと、ジルを二度見した御者《ぎょしゃ》は慌《あわ》てて扉を開け、ジルの手を取って乗せてくれた。そんなふうにされるのは、人生ではじめてのことだ。

ガス灯が照らす通りを、馬車は走る。

（ライナス様にもお礼を言わなくては）

窓に映る姿を見つめながら、信じられない思いで左右に顔を動かしてみる。この魅惑《みわく》のご令嬢は、どうやら本当に自分らしい。

緑色の瞳《ひとみ》がまつげに彩《いろど》られ、いつもよりも大きく見える。口紅も髪色《かみいろ》と同じ、上品なコーラル・レッドだ。控《ひか》えめな頬紅《ほおべに》が、凛《りん》とした顔立ちにほんのりとした愛らしさを添えていた。

ジルと同じ髪色のカツラをゆるやかに編んでまとめ、片側から胸に落としたスタイルはヴェラの案だ。こうすれば、いまだ布を巻いているジルの胸から、他人の視線はそれるだろうとの算段らしい。

そして、シルバーホワイト色のドレス。夜の正装では肌の露出《ろしゅつ》を多くするのが礼儀《れいぎ》だが、ジルには難しい。そのため、優美に編まれた同色のレースが首から胸、背中、両袖《りょうそで》を覆《おお》ったドレスをヴェラは選んだ。レースが肌の露出を抑《おさ》え、あからさまな視線から守ってくれるからだ。

腰《こし》からゆるやかに広がるスカートは、控えめで大人びている。洗練された知的な女性といった雰囲気《ふんいき》のドレスは、ヴェラのアドバイスどおりジルによく似合った。

自分がこんなにきれいだったなんて、いままで一度も思ったことはない。ずっと男性のふりをしていたジルに、ふたたび女性らしい気持ちが蘇《よみがえ》ってきた。

（こんなの、夢みたい……）

仕事だとわかっていても、心は躍《おど》った。なにが起きても今夜のことは、一生の思い出にしよう。しみじみとしながらまぶたを閉じていると、やがて馬車が停まった。

窓から見えたのは、門に囲まれた芝《しば》の庭だ。その先に、中世の物語から抜け出したかのような、赤煉瓦《あかれんが》の大きな屋敷が建っている。窓から明かりがもれる光景は、温かくて優《やさ》しい雰囲気に包まれていた。

（素敵《すてき》なお屋敷……）

馬車を降りた瞬間、ドキドキしてきた。男性のふりをしていて、さらに女性のふりをしているややこしい状況《じょうきょう》に緊張《きんちょう》しながら、ノッカーを叩く。すぐに扉が開き、壮年《そうねん》の紳士《しんし》が笑顔《えがお》で出迎《でむか》えてくれた。

ジルに向かって、紳士は丁重《ていちょう》にお辞儀《じぎ》した。

「ロンウィザー家の執事《しつじ》、スティーブンと申します」

ジルも自己紹介をする。事情を知っているらしい執事は、ジルをすんなりと応接間に通した。

「旦那様《だんなさま》はただいま身支度《みじたく》をしております。しばらくお待ちください」

その言葉に、ジルははっとした。芸術棟《とう》にいると意識をすることがないものの、ライナスは侯爵で、ここでは〝旦那様〟なのだ。いよいよ鼓動《こどう》が高鳴ってくる。仕事なのに、仕事であることを忘れてしまいそうだ。

落ち着かず、はしたないとわかっていてもあちこち見まわしてしまう。と、暖炉《だんろ》横のドアが薄《うす》く開いていることに気づく。助手の癖《くせ》で、きちんと閉じてさしあげようと腰を上げた。ドアに近づき、ノブに手をかけようとしたときだ。

かすかな隙間《すきま》から見えた壁の肖像画《しょうぞうが》に、ジルはドアを閉めるどころか、思わず開け放った。

アイボリー色の壁にかかる、大きな一枚の肖像画。描《えが》かれているのは、ミモザの花冠《はなかんむり》をつけた若い女性だった。ゆるやかに波打つブロンドの髪、澄《す》んだ青い瞳。椅子《いす》に座り、足の上で両手を重ね合わせ、控えめな微笑《びしょう》を浮《う》かべてこちらを見ている。淡《あわ》い光に包まれたその絵は、女性への深い愛情に満ちていた。

(なんて、きれいな人……)

ため息が出るほど美しい女性の肖像を、まるで妖精《ようせい》のように描いた幻想《げんそう》的な絵画。その繊細《せんさい》で丁寧《ていねい》なタッチを忘れるはずがない。ジルはとっさに、右下の小さなサインに目を凝《こ》らした。

――ライナス・オーウェン。

「クレア様でございます」

執事の声に、はっとしたジルはすぐに頭を下げた。

「勝手に申し訳ありません!」

「いいえ、かまいません。隠《かく》すことではございませんので」

誰《だれ》なのだろう。妹？　いや……違う。重ね合わせた左手の薬指に、指輪が光っている。瞬間、ジルは慌てた。考えたこともなかったが、彼の年齢《ねんれい》を思えば当然だ。

「奥様へのご挨拶《あいさつ》もせずにお屋敷《やしき》に上がり、大変失礼いたしました。本日は仕事のため、このような姿で参っておりますことを、どうかご説明さしあげたいのですが」

眉《まゆ》を八の字にさせた執事は、哀《かな》しげに微笑《ほほえ》んだ。

「クレア様はこちらにおりませんし、奥様でもございません。そうなられるはずだった方でございます」

（――あっ……）

察しのいいジルは、すぐに悟《さと》った。婚約者《こんやく》で――たぶん、永眠《えいみん》したのだ。

「なにも言わないでください。詮索《せんさく》するつもりはありません。本当に……申し訳ありません」

執事は慇懃《いんぎん》に頭を下げた。ドアを閉めたジルは、応接間の椅子に座った。

興味をもてる人物しか描《か》かないと、以前ライナスはジルに言った。ジルがいままで目にした彼の肖像画は、現王族のものだけだ。けれど、写実的だったそれらのタッチとは、あきらかに違う。

彼女の肖像画を見ればわかる。ライナスは彼女を、誰よりも愛していたのだ。

――生きているんだから。

あの言葉の重みが蘇って、ジルの胸の奥がぎゅっと強くきしんだ。

(……私、本当に彼のことをなんにも知らないんだわ)

彼のマイペースさに振《ふ》りまわされてばかりいて、苦手であることに変わりはない。けれどそんな彼にも、宝物のように大切にしている過去が、人がいたのだ。

自分には関係のないことだと頭ではわかっているのに、アンドリューの秘密を知ってしまったときとは違《ちが》う、胸の痛みをはっきりと感じた。この痛みは、なんなのだろう?

椅子に座りうつむいたジルが、足の上で両手を握《にぎ》ったときだった。

「ジル?」

ライナスの声に、顔を上げる。彼の正装姿が視界に飛び込んだ刹那《せつな》、息をのんだジルはなにも言えなくなってしまった。

すらりとした姿体に、黒と白のそれが映《は》える。こうして見ると、彼は本当に素敵だ。誰もが恋《こ》い焦《こ》がれてしまうのもうなずける。

「はい、僕です」

妙《みょう》に緊張するのは、見知らぬ相手を前にしたような、この奇妙《きみょう》な距離《きょり》感《かん》のせいだろう。

「……すごいな」

ライナスは灰青色の双眸《そうぼう》をきらめかせた。

「期待以上だ」

「ぼ……僕も驚《おどろ》きました。自分ではないみたいです」

いつもの調子で言うことができて、ホッとする。

正体を知られるわけにはいかない。だから、常に冷静でいなければ。彼の過去がどうであろうとも、自分にはどうにもできないことだ。何度もそう言い聞かせながら、ジルは落ち着き払《はら》って立ち上がった。

ライナスに近づいた執事が、ステッキを渡《わた》した。

「旦那様、お時間でございます」


馬車に乗っている間中、ライナスはまるで絵画を値踏《ねぶ》みするかのように、無言でジルを見つめていた。ジルはジルで彼の過去が頭から離《はな》れず、適当な会話の糸口さえ思い浮かばない。

ひたすら見つめられることに耐《た》えきれなくなったとき、ジルはやっと伝え忘れていたことを思い出した。

「あっ……と、このドレスや靴《くつ》を、ありがとうございます」

「ああ、気にしなくていい。僕が君に頼《たの》んだことだからね」

そう言うやいなや、彼はふたたび押し黙《だま》る。

「お……願いですから、いつもみたいになにか話してください。気まずいです」

クスッとライナスは笑った。

「正直、君がここまで変身するとは思っていなかったから、ヘンに思わないでもらいたいんだけれど、いま僕の調子は少し狂《くる》っている状態だ。混乱しているんだよ」

「混乱？」

「君は男なのに、びっくりするほど見違えた。理性ではわかっていても、冷静に整理しないとおかしな深みにはまりそうだ」

「おかしな深み？」

窓枠《まどわく》に肘《ひじ》をのせると、どこか意地悪そうに片目を眇《すが》めた。

「ようするに……君は本当は女性なんじゃないか、とかね」

「ま……まさか！」

「わかってるさ。それにしても、本当にドレスが似合うよ。きれいだ」

ボッと頬《ほお》に熱が走っていたたまれなくなり、ジルは顔をしかめた。頭のなかが真っ白になって、言い返す言葉がなにも浮かばない。そんなジルを尻目《しりめ》に、ライナスはさらりと続ける。

「君は聡明《そうめい》で賢《かしこ》いし、着飾《きかざ》るとこんなに美人だ。もしも君が女性なら、求婚《きゅうこん》相手が山ほど押しかけただろうね」

それは違う。華《はな》やかな場所では常に壁の花で、誰からも見向きもされなかった。そのことを受け入れて、のみ込んで、やっと手に入れたのが冷静でいられる態度なのだ。それが彼の言動で、崩《くず》されていく恐怖《きょうふ》を覚える。

「ぼ……僕は女性ではありません。だから、その仮説はただの夢物語です」

なんとか言えた。無性《むしょう》にドキドキする鼓動を感じながら、ジルは身構える。そんなジルに向かって、ライナスは苦笑《くしょう》した。

「〝仮説はただの夢物語〟だなんて、まるでレイモンドと話しているみたいだ。やめてくれ」


豪奢《ごうしゃ》な屋敷の前で、馬車は停《と》まった。先に馬車を降りたライナスが、ジルに手を差し伸《の》べてくる。ジルは躊躇《ちゅうちょ》した。

「一応レディの君は、僕のこの手を取らなくちゃいけない。それが礼儀《れいぎ》だ」

馬車から降りたジルの手を、彼は慣れた様子で自分の腕《うで》に引き寄せた。とたんにジルの鼓動は大きく跳《は》ねて、手が小刻みに震《ふる》えはじめた。

(きっと何度もこんなふうに、クレア様と出掛けたことがあるんだわ……って)

――私、なにを考えているの？

手の震えが大きくなった。胸が激しく脈打って落ち着かず、ジルは混乱した。落ち着かないのは、こんな経験をしたことがないからだ。けっして彼を意識しているせいじゃない。ただ、たくさんのはじめてのことに、戸惑《とまど》っているだけだ。

「さあ、着いた」

ライナスの声に、ジルは我に返った。目先に屋敷の扉《とびら》がある。

(これは遊びではなくて仕事なのよ。気を引き締《し》めなければ)

動揺《どうよう》のせいで、今夜の役割を忘れてはいけない。ジルは密《ひそ》かに呼吸を整えた。

「これから僕は嘘《うそ》つきになる。君はなにも話さなくていい。わかったね」

「はい、わかりました」

二人は屋敷に足を踏《ふ》み入れた。


ライナスの登場に、屋敷に集まっていた面々は騒然《そうぜん》となった。

新聞を賑《にぎ》わせる社交界一の遊び人が、今夜は見知らぬ令嬢《れいじょう》を連れている。しかも彼女は、その場に居合わせているどの令嬢よりも目立ち、輝《かがや》きを放っているのだ。

無数の羨望《せんぼう》と嫉妬《しっと》の眼差《まなざ》しが、ジルを襲《おそ》った。

「平気かな」

「ええ、大丈夫《だいじょうぶ》です。仕事ですから」

「それは頼もしい」

屋敷内を目にしてまっさきに驚かされたのは、絵画や美術品の多さだった。ライナスによればメイデル伯爵《はくしゃく》は、この国で一、二を争う収集家らしい。古《いにしえ》のものから東洋のものまで、それらは多岐《たき》にわたっており、いたるところに飾《かざ》られてあった。

レイモンドの言葉を思い出したジルは、ライナスに疑問をぶつける。

「伯爵様は、純粋《じゅんすい》に芸術を愛している方ですか」

「ああ、僕が保証するよ。多くの貴族のなかで、彼は貴重な人物だ。だから僕も、鬼《おに》の形相にならずに済む」

彼がそう言った直後、恰幅《かっぷく》のいい紳士《しんし》とふくよかな女性が、連れだって近づいて来る。ライナスは会釈《えしゃく》した。

「お招きありがとうございます。メイデル伯爵、メイデル夫人」

「これは珍《めずら》しい。近頃《ちかごろ》めっきり出歩かれないとの噂《うわさ》を耳にしておりましたからな。今夜もいらしてはくださらないだろうと、残念に思っていたところです」

「こちらの美しい方は？」

「僕の知人です。キルハははじめてですから、どうぞお手柔《てやわ》らかに」

夫人の好奇《こうき》な眼差しを、ジルは愛想《あいそ》笑いでやりすごした。

「どちらのご出身ですの？」

ライナスは魅惑《みわく》の笑顔《えがお》の封印《ふういん》を解いて、夫人の疑問を一蹴《いっしゅう》した。

「僕の大切な彼女のことは、ご想像にお任せしますよ」

ぎょっとしたジルは、目を丸くして硬直《こうちょく》した。夫人はぐらりとうしろによろめき、令嬢たちは握り締めたハンカチを歯嚙《はが》みした。

（……うっ、すごいわ。彼にこんなことを言われたら、女性なら誰《だれ》だって好きになってしまうわよ。たとえ嘘だとしても）

彼のこの一言で、ご令嬢たちが突進《とっしん》してくる気配は消えた。その代わりに、じっとりとした嫉妬の視線がジルに集中した。

胸を押さえた夫人は、ライナスにときめいて気まずくなったのか、おぼつかない足取りで去ってしまった。それを見たメイデル伯爵は、「やれやれ」と苦笑する。

「年甲斐《としがい》もなくすまないね。君の美貌《びぼう》にあてられたようだ」

「お褒《ほ》めにあずかり光栄です」

トレイを持った使用人から、ライナスはグラスを受け取る。ワインを口に運ぶ彼に、メイデル伯爵は小声で続けた。

「今夜君を招いたのはほかでもない。息子《むすこ》のトーマスを雇《やと》ってくれと頼んだことを、実のところずっと後悔《こうかい》していてね。勤め上げることもできず、逃《に》げるように辞《や》めたとか。父親として恥《は》ずかしいかぎりだ。本当に申し訳なかった」

「気になさらないでください。はじめに申し上げたとおり、僕たち四人を主《あるじ》にするのは、実際大変なことですから」

メイデル伯爵は表情を曇《くも》らせた。

「知ってのとおり、私には三人の息子がいる。家督《かとく》を継《つ》ぐ長男は、結婚《けっこん》もし領地で立派に暮らしている。次男はイルタニアに留学しているが、戻《もど》ったら兄の手助けをすると言っている。二人とも芸術とは無縁《むえん》の暮らしぶりだ。だからこそ、末息子には芸術家になってもらいたかった。それなのに芸術学院を中退してからというもの、遊びほうけて手に負えない始末だ」

「それで、トーマス氏はどちらに？　少し話をしたいのですが」

「どこでなにをしているものやら、近頃はまともに屋敷《やしき》へも寄りつかない。が、こんなときには金の無心にやってくる。世間の目を味方にすれば、私が断れないと知っているのですよ」

メイデル伯爵が息をつく。ライナスは同情をしめすようにうなずいて見せた。

「では、今夜こちらにいらっしゃるのですね」

「間違《まちが》いなく」

「それでしたら、少々お願いしたいことがあります」

トーマスの身の上を案じているので、彼と話したい。しかし自分の名前を出せば会ってくれないかもしれないので、名前を伏《ふ》せてどこかで待ちたい。

そう言ったライナスの提案を喜んだメイデル伯爵は、いつも金銭を渡《わた》している自分の書斎《しょさい》で待つようにと、三階の角部屋まで案内してくれた。

「ちなみに、トーマス氏のお部屋は？」

ライナスの問いを受けて、伯爵は指でしめした。

「廊下《ろうか》の突《つ》きあたり、あそこです」

礼をのべると、伯爵は階段を下りて行った。懐中時計《かいちゅう》を出したライナスは、時間をたしかめてから廊下の先を見た。

「彼だという証拠《しょうこ》が欲しいな」

「まさか……部屋を探《さぐ》るつもりですか」

瞠目《どうもく》したジルに、ライナスはニッと笑む。

「僕はお上品な侯爵《こうしゃく》じゃないからね。がっかりしたかな？」

お気楽そうな声音《こわね》に、ジルは思わず半眼になってしまった。

「いいえ。でも、トーマスさんが来たら、どうするんですか」

「彼の目的は金銭だから、伯爵からもらえるまでは書斎に居続けるはずだ。せいぜい待ってていてもらおう」

陛下を気にしながら、トーマスの部屋に近づく。ドアに鍵《かぎ》はかかっておらず、すんなりと入れてしまった。ドアを閉めてから、暗がりに目が慣れるのを少し待つ。

意外にも整然としているのは、使用人が掃除《そうじ》をしているからだろう。本棚《ほんだな》、デスクの引き出し、チェストのなか。ジルも手伝って証拠を捜《さが》したが、なにも見つからなかった。やはり彼ではないのか……いや。クローゼットを開けたジルは、あらゆるポケットを探った。

メモだ。

「なるほど、盲点《もうてん》だ」

「ええ。父がポケットのなかに名刺《めいし》やなんかを入れて、忘れることがよくあったんです。もしかしたら……」

上着のポケットをまさぐっていると、指先に紙切れが触《ふ》れた。取り出して見ると、たんなるメモだ。

〝六月二十四日　キルハ駅　最終　三番線〟

床《ゆか》にしゃがんだライナスは、ベッドの下を確認《かくにん》する。なにもなかったのか立ち上がると、今度はマットレスの間に手を差し入れた。しばらくそうしてまさぐっていると、

「なにかある」

引っ張り出したのは、小さな手帳だ。めくったライナスはほくそ笑んだ。

「……風刺画《ふうしが》のアイディアだ。例の風刺画と同じものもある。これで充分《じゅうぶん》だ、行こう」

部屋をもとどおりに整える。メモをポケットに戻そうとしたジルは、ふと気になってやめた。

部屋を出た二人は、書斎へ急いだ。そっとドアを開けると、トーマスはまだ来ていない。

彼が室内へ入ったら即座《そくざ》にドアを閉められるよう、二人はそれを挟《はさ》んで立った。同じ屋敷内で夜会が開かれているとは思えないほど静かだ。

「静かですね」

「多少、声を上げても大丈夫そうだ」

しばらく口を閉《と》ざしていると、ドアの向こうから靴音《くつおと》が聞こえてきた。

ライナスが人差し指を口にあてる。ジルはうなずいた——直後、ドアが開いた。

青年が室内に現れたとたん、彼の腕《うで》を摑《つか》んで引っ張ったライナスは、即座にドアを閉める。

前のめりになった彼は、腕を振《ふ》り払《はら》いながらライナスを見て瞠目した。

「……なっ……ロンウィザー侯爵⁉」

ジルよりも少し年上だろう。くせ毛まじりのブロンドを撫《な》でつけ、見るからに高価な服に身を包んでおり、立派な青年紳士に見える。だが、どこかちぐはぐで似合っておらず、まるで借り物を着ているかのような違和感《いわかん》を、ジルは覚えた。

「久しぶりだね、トーマス。単刀直入に訊《たず》ねるよ。これは君が描《か》いたものだね」

ライナスが風刺画を出してみせると、トーマスはふてぶてしく口を歪《ゆが》めた。

「ハハッ！　まさか、どこに証拠が——」

「——このスケッチに同じものがあるようだけど？」

ライナスが手帳を掲《かか》げると、トーマスは青ざめた。

「あっ……あなたは泥棒《どろぼう》だ！」

「否定はしない。だが、僕の罪よりも問題なのは君のほうだ。宰相閣下《さいしょう》がこの風刺画に目をつけた。その意味はわかるね？」

わなわなとトーマスは、唇《くちびる》を震《ふる》わせた。

「た……たかが風刺画に、なんだって言うんだ。たいしたことじゃないだろう⁉」

「たいしたことでなければ、宰相閣下はなにも言わない。不敬罪に値《あたい》すると閣下は考えているし、僕もそうだ。どういうつもりでこれを描いたのか、僕に教えてくれないか」

カッとトーマスは、まなじりを決した。

「……助手を辞めたせいで、〝四大守護者《マスターズ・オブ・アーツ》〟から尻尾《しっぽ》を巻いて逃げたって、僕は仲間内の笑いものになったんだぞ……この僕がだ！」

「だから、仲間たちを見返して人気を取るために、これを描いたと？」

「……ああ、そうだよ。僕は辞めたくなかった。僕をそうさせたのは、ベイフォード公爵だ！公爵だからなんだっていうんだ。僕はあいつが嫌《きら》いだ。あいつがムカつく。なにもかも全部、あいつのせいだ！　僕は悪くない、なにも悪いことはしちゃいない！」

興奮したトーマスは、さらに声を荒《あら》らげた。

「……ベイフォード公爵は、初対面の僕にこう言ったんだ。〝お前の身なりには、虚栄心《きょえいしん》があらわれている。才能以上に自分を大きく見せようとしている、その必死さは見るに堪《た》えない。目障《めざわ》りだ、出て行け〟――だぞ。この僕に対して、失礼にもほどがあるだろ！」

ジルははっとした。トーマスの身なりに対する違和感の答えが、アンドリューの言葉にあったからだ。だが、アンドリューのその指摘《してき》は抜《ぬ》き身の剣《けん》のように鋭《するど》く、寸分の狂《くる》いもなく、トーマスの痛いところを突いてしまったのだろう。だからトーマスはこんなにも、アンドリューを嫌うのだ。

ライナスがトーマスを見つめた。

「証拠は摑んだし、君も自供した。君の身柄《みがら》を近衛兵《このえ》に預ける。あとは宰相閣下の範疇《はんちゅう》だ。どちらにしても罰《ばつ》は免《まぬか》れない。いいね」

トーマスはうつむいた。刹那《せつな》、彼の口角が上がったのを、ジルは見逃《みのが》さなかった。

「……どうしていま、笑ったのですか」

トーマスはとっさに、唇を引き結んだ。

「……は？　笑っちゃいない。気のせいだろ」

彼の言動には、高い自尊心があらわれている。自分の才能に自信を持ち、そのセンスを誇《ほこ》っているとすれば、アンドリューから注意を受けることにも指図をされることにも、我慢《がまん》がならなかったはずだ。ジルはレイモンドの言葉を思い出した。

――私たち全員に才能を誉《ほ》め称《たた》えてもらえず、自尊心を地の底まで落とされた腹いせです。

トーマスは恨《うら》みのすべてを、アンドリューに向けている。それなのに直接的な報復はせず、風刺画を描くことで満足を得たのだろうか。

(ううん、風刺画は虚栄心を満たすためのものよ。腹いせになるものだとは思えないわ)

さっきの笑《え》みも、いやにひっかかる……もしかして？

「まだなにか、隠《かく》しているのではありませんか」

トーマスは嘲《あざけ》るように鼻で笑った。

「……あるわけないだろ。たとえあったとしても、だったらなんだ。僕が罪に問われるのは風刺画だけだ。それだって弁護士をつければ、どうにでもなる」

「それはどうかな。理由はどうあれ、君はこの国の国王陛下を貶《おとし》めたんだ。重罪は覚悟《かくご》したほうがいい」

トーマスが言葉を詰《つ》まらせる。ジルと視線を交《か》わしたライナスは、吐《は》かせると言わんばかりに小さくうなずいた。

「トーマス。もしもまだ隠していることがあるなら、いまここで僕に言うんだ。正直に話してくれるなら、僕が直接宰相閣下を説得しよう。なるべく軽い刑罰《けいばつ》でおさまるように、司法大臣に取り計らってもらえるよう頼《たの》んでもいい」

うつむいたトーマスは、惑《まど》うように目を泳がせる。

「軽い気持ちで描いたものだとしても、不敬罪は重罪だ。このままだと君は重罪人として、下《へ》手《た》をすれば生涯監獄《しょうがいかんごく》で暮らすはめになる。よく考えるんだ」

両方を天秤《てんびん》にかけたのだろう。顔を歪めたトーマスは、やがてぽつりと漏《も》らした。

「……直接手を下すのは、僕じゃない。だから、僕の罪は風刺画だけだ」

「どういうことだ、トーマス。君はなにを、誰《だれ》に頼んだんだ」

トーマスは押し黙《だま》る。

（誰に……？）

はっとしたジルは、ふたたびメモを見た。〝六月二十四日　キルハ駅　最終　三番線〟。

今日の日付けと、駅と乗り場。該当《がいとう》する人物が、突如《とつじょ》ジルの脳裏《のうり》に浮《う》かび上がった。

「……トーマスさん。あなたはなにを、頼んだんですか」

親切な使用人がチョコレートをくれたとき、仲良くなった助手がいたと言っていたはずだ。辞《や》めた時期を逆算すれば、その人物は間《ま》違《ちが》いなく、いま目の前にいるこの青年になる。

「これは、今夜彼が乗る列車と乗り場なのではありませんか。そうですよね？」

ジルはトーマスに、メモを突《つ》きつけた。

「教えてください。あなたは使用人のユアンさんに――なにを頼んだんですか！」

「さっきから君はなんなんだ⁉　君には関係のないことだろう！」

「関係あります」

ジルはとっさに、カツラを取った。

「僕は〝四大守護者《マスターズ・オブ・アーツ》〟の、現在の助手です！」

目をむいたトーマスは、だからなんだと言わんばかりに舌打ちする。

「トーマス、教えてくれ。すべて言うんだ」

ライナスが詰め寄ると、トーマスは不遜《ふそん》な態度でむくれた。

「……あいつの兄が株で失敗して、家は没落《ぼつらく》寸前だ。僕の父からも金を借りたいって言うから、そうする代わりにちょっとしたことを頼んだだけだ」

「ちょっとしたこと？」

そう訊ねたジルに、トーマスは投げやりな失笑《しっしょう》を向けた。

「ああ。ムカつく奴《やつ》が一年もかけて創《つく》ってるものがあるから、仕上がったらそいつを汚《よご》してくれって——」

カッとジルの頭に血がのぼった。

（——うそ！　婚約式《こんやく》のタペストリーだわ!!）

怒《いか》りで拳《こぶし》が震えてくる。いまにも激昂《げっこう》しそうだったが、必死の思いで抑《おさ》え込んだ。

「それで、あなたは彼に……ユアンさんに、お金を渡《わた》したんですか」

「……いいや。田舎《いなか》に帰ると言っていたから、キルハを発《た》つときにあいつに会って、実行したか確認《かくにん》してから小切手を送る約束をした。そのメモはあいつに渡されたものだ。どこで見つけた？」

「あなたの上着のポケットです」

小切手を送る約束をしたと彼は言ったが、それは嘘《うそ》だろう。トーマスが散財しているのは、高価な服装で一目瞭然《いちもくりょうぜん》だ。自分の身で手一杯《ていっぱい》なはずなのに、それに輪をかけた大金をせがむなど、眉《まゆ》をひそめる父親にできるわけがない。そのうえ、ユアンに渡されたメモを、ポケットに入れたままだったのだ。そうするつもりなど、端《はな》からないのはあきらかだ。

「あなただってお父様に、お金の無心に来ているほどなんです。彼に小切手を送るつもりなんて、はじめからなかったのではありませんか」

図星らしく、トーマスは気まずげに目を伏《ふ》せる。と、どこか誇らしげに唇を弓なりにさせた。

「僕は取り引きをもちかけただけで、決めるのはあいつだ。けどまあ……やるだろうな。たとえ自分が犠牲《ぎせい》になったとしても、家族のためならなんでもやりそうなお人好《ひとよ》しだ。僕は手を汚さずに、あいつに報復できるんだ！　せいぜい汚れたタペストリーに、涙《なみだ》を流して悔《くや》しがるがいい――」

――バシッ！

ジルは思わず、トーマスの頰《ほお》を強く打った。

「人の気持ちを利用するなんて、あなたは最低です！　なんて卑怯《ひきょう》者なの!!」

アンドリューが王女への想《おも》いを込めて創ったタペストリーを、あんなに素晴《すば》らしく美しいものを汚すために、罪のない親切な青年に嘘をついてやらせるとは、下劣《げれつ》にもほどがある！

しかも、だ。

「それが婚約式のためのものだと、ユアンさんは知っているんですか!?」

トーマスはあ然とし、激しく動揺《どうよう》した。

「お、おい……待てよ。嘘だろ……そんなこと、僕は知らない。公爵だってそう言ってない。だからてっきり、ただ王宮内を飾《かざ》るためのものだろうって……なあ、そうなんだろ？」

声が震《ふる》えている。愕然《がくぜん》としたジルは、手で口を覆《おお》った。なんということだろう。

――トーマスもユアンも、婚約式に使われるものだと、知らなかったのだ。

苦渋《くじゅう》の表情で、ライナスは言った。

「一週間しかいられないような助手を、僕たちは信頼《しんらい》しない。大切なタペストリーについて、アンドリューが君に話すわけがない。でも、それが仇《あだ》になったな。君がユアンという使用人に汚してくれと頼んだのは、婚約式のためのタペストリーだよ、トーマス」

おののいたトーマスは両手で顔を包み、深くうなだれた。

両国間に関《かか》わる国事のものを、汚してしまったのだ。たとえそうと知っていたわけではないとしても、もはや罪から逃《のが》れる道はない。

「まさか……僕はただ、ベイフォード公爵《こうしゃく》に仕返ししたかっただけだ。どうせ僕にはなんの才能もない。なんにも生み出せないのに天才のそばにいたんだ。そいつにあれこれ指図されたら、劣等感《れっとうかん》に苛《さいな》まれて当然だろ。なあ、そう思うだろ。そうだと言ってくれ……!」

しでかしたことの重みから、なんとか逃れようとするトーマスを、ライナスは冷静に論《さと》した。

「トーマス。誰にでも劣等感はある。もちろん、僕にだってある。でも、その感情を消す方法は一つしかない」

頭《こうべ》を垂れたまま、トーマスは微動《びどう》だにしない。

「それを糧《かて》にして、自分の世界を構築すべく邁進《まいしん》する。誰の模倣《もほう》でもない、自分だけの世界を創り上げる努力をする。たとえ何年かかっても、生涯叶《かな》うことがないとしてもね。それが芸術家としての正しい仕返しで、劣等感を消す唯一《ゆいいつ》の方法だ」

いつになく真剣《しんけん》な声音《こわね》で、ライナスは続けた。

「残念だよ、トーマス。君の人物画のスケッチには、他人にはない才能の芽があったのに。なによりも君自身が、自分の才能を疑っていたなんてね」

トーマスは肩《かた》を大きく震わせながら、嗚咽《おえつ》をもらした。ライナスは彼の腕《うで》を掴《つか》んだ。

「急ごう、ジル」

そうだ──早くユアンを、止めなくては！　まだ間に合うだろうか。ユアンはもう、駅に向かっているかもしれない。どちらにしても、これ以上ここに留《とど》まっていてはいけない。

「ええ、急ぎましょう」

ライナスはうなずき、トーマスを連れて書斎《しょさい》を出た。

伯爵《はくしゃく》夫妻に挨拶《あいさつ》をのべ、ひとまずその場をやりすごして屋敷《やしき》を出る。ライナスは軽く指笛を吹《ふ》き近衛《このえ》兵を集めると、手短に事情を伝えた。

近衛兵を乗せた二台の箱馬車は、駅に急いだ。そしてジルたちを乗せた二台は、銀王宮を目指した。

最終列車の出発時間まで、二時間をきっていた。

銀王宮に着いたライナスは、宰相《さいしょう》と近衛師団の団長に伝えるよう近衛兵に指示を出し、トーマスを引き渡した。

「ぼ、僕はどうなるんだ……罪は軽くなるんだろ？」

「理由はどうあれ、汚《きたな》い手を使った君にふさわしく、僕もそうさせてもらう。自分のしでかしたことの重大さを、しっかり思い知ることだ。これも君にとっては、いい経験になるだろう。もしも監獄から出られたときには、どんなに時間がかかるとしても、僕らに有無《うむ》を言わせない芸術家になるんだね。それが僕らに対する、正しい仕返しだ」

近衛兵に両腕を摑まれたトーマスは、沈痛《ちんつう》な面持《おもも》ちで去って行った。残った近衛兵に、ライナスは続けて指示を出す。

「ユアンはまだ駅に向かっていないかもしれない。逃《に》げられないよう門の警護を強めてもらえると助かる。滞在《たいざい》している貴族たちに、絶対に気づかれないように動いてくれ。いいね」

うなずいた近衛兵たちは、静かに駆《か》け出した。ジルはカツラをかぶり直して訊《たず》ねた。

「ライナス様。僕にできることはありませんか？」

「君は芸術棟《とう》に戻《もど》って、もしも誰《だれ》かいたらこのことを知らせてほしい。僕は宝物棟を確認してから、使用人棟に向かう。頼《たの》むよ」

「わかりました」

うなずいたジルは、スカートの裾《すそ》を持ち上げて駆け出した。

長く勤めた使用人なら、宝物棟にも難なく入れる。それにユアンは、届いたタペストリーの麻袋《あさぶくろ》を見ている。アネモネを象《かたど》った印象的な刻印を、見て知っているのだ。

(あのときも確認するつもりで、近寄って来たのかもしれない。ああ、お願いだから、なにもしないで。どうか、思いとどまってくれていますように……！)

回廊《かいろう》を走っているとき、馬車から降りるアンドリューが視界に飛び込んだ。

「アンドリュー様！」

ジルが庭園に飛び出して駆け寄ると、アンドリューは戸惑《とまど》うように眉をひそめた。

「……すまないが、レディ。俺はあなたを存じ上げないのだが……」

女装をして着飾っているために、ジルだとわからないらしい。

「僕です、ジルです！」

「なんだって⁉」

驚《おどろ》く彼を見るのは楽しいが、喜んではいられない。ジルが事情を伝えると、絶句したアンドリューは見るみる顔つきを険しくさせ、宝物棟に向かって駆け出した。

芸術棟に着いたジルは、扉《とびら》を開けた。明かりはなく静まり返っている。カーティスもレイモンドもまだ戻っていないようだ。扉を閉めたジルは、きびすを返した。

（トーマスさんが捕《つか》まったことを、ユアンさんは知らないはず。送別会が終わっていなければ、彼はまだ王宮内にいるかもしれない）

使用人棟がある北側へと、ジルは急いだ。回廊を足早に過ぎ、入り組んだ廊下を何度も曲がる。廊下の先に北側の回廊が見えてきた——直後。

トランクを手にしたユアンを、ジルは見つけた。

怯《おび》えるように視線を動かしながら、こちらに向かって歩いて来る。ジルに気づいて一瞬《いっしゅん》足を止めたが、東翼《とうよく》に滞在している令嬢《れいじょう》だと思ったのか、丁重《ていちょう》に会釈《えしゃく》をして背筋を正し、通り過ぎた。

（——引き止めなくては。ライナス様が来るまで、ここに足止めしなければ）

「会えてよかったです。ユアンさん」

ビクリと肩を上下させ、ユアンが振《ふ》り返った。なんとか笑顔《えがお》を作ったジルは、女装している理由を話す。目を丸くしたユアンは、顔をほころばせた。

「お……驚いたな。わからなかったよ。それも助手の仕事なんだな」

「ええ、笑えますよね。ユアンさんは、これから駅に向かうんですか？」

「あ、ああ……けど、北門は近衛兵がいやに多くて、西門から出ようかと思ってさ。顔見知りならいいけど、知らない近衛兵にあれこれ訊ねられるのは苦手だから、ここでいい。

「せっかく会えたんですから、門まで一緒《いっしょ》に行きます。見送らせてください」

そう言ったジルに、ユアンは頭《かぶり》を振って見せた。

「いや、ここでいいよ、本当に。送別会で俺も寂《さび》しくなっちゃったし……だから、ここでいい。ありがとう、ジル。じゃあ、元気でな」

純朴《じゅんぼく》で、親切で、みんなに慕《した》われていた人だ。ユアンを見つめたジルは、落胆《らくたん》の息を吐《は》く。

列車の時間が迫《せま》るいま、タペストリーを汚《よご》すのは無理だ。

もしも汚していなければ、堂々と門をくぐるだろう。けれど、近衛兵を気にしている。それは苦手だからではなく、うしろめたさを感じているからだ。

そう――彼はすでに、タペストリーを汚し終えている！

遅《おそ》かった。止められなかった。ジルは憤《いきどお》りを堪《こら》えるように拳《こぶし》を握《にぎ》った。

「……僕はあなたに、たくさん助けてもらいました。あの親切は、嘘《うそ》じゃなかったと信じています。前にあなたは、〝最後にいいことをしたい〟と僕に言いました。それは、罪悪感があったからですよね。根っからの悪人なら、抱《いだ》くはずのない感情だもの」

ユアンは戸惑い、ジルから退いた。

「……なにを……言ってるんだ？　いったい君は、なにを……？」

「今夜僕がライナス様と赴《おもむ》いたのは、メイデル伯爵家です。そこでトーマスさんに会いました。

近衛兵が集まっている意味を、察してください」

はっとしたユアンがまた退く。ジルはまっすぐに彼を見すえた。

「どうして……トーマスさんとのくだらない取り引きを、無視しなかったんですか！」

ジルを凝視《ぎょうし》するユアンの唇《くちびる》が、小刻みに震《ふる》え出した。

「……しかたがなかったんだ。すべて家族を、守るためだ。没落《ぼつらく》させるわけにはいかないんだ。だから、少しでもまとまった金がいる。期日に遅《おく》れたら、屋敷が抵当《ていとう》に入れられる。ずっと暮らしてきた屋敷を手放したら、父の病が悪化するかもしれない……だから……！」

彼の気持ちが痛いほどわかるから、もどかしくて悔《くや》しくてたまらない。

「お屋敷を手放したとしても、何度だってやりなおせるし、恥《は》ずかしいことじゃありません。でもあなたのしたことは、取り返しのつかないことです。あなたが汚したのは――婚約《こんやく》式のためのタペストリーなんです！」

驚愕《きょうがく》して立ちつくしたユアンの顔面が、蒼白《そうはく》になった。

「う……嘘だ。だって、君はあのとき、そんなこと一言も……！」

「当日までの秘密にしろと、アンドリュー様に言われていたんです」

ユアンは苦しげに顔をしかめた。意を決したようにうつむき、息を吐く。

「……いまさら、取り返しはつかないよな。だったら、なおさら……捕まるわけにはいかない。悪いな、ジル。許してくれ――！」

そう言った瞬間、ユアンは振り上げたトランクで、ジルの身体《からだ》を横殴《よこなぐ》りにした。

あっと思う間もなく視界は傾《かたむ》き、固く冷たい床《ゆか》に頭を打った。倒《たお》れたのと同時に、ジルは激しいめまいを覚えた。

(待って、ダメよ──逃がすわけにはいかないのに！)

「──ジル！」

ライナスの声が聞こえた。床を叩《たた》く無数の靴音《くつおと》が、振動《しんどう》となって身体に伝わる。

ぼんやりと霞《かす》む視界に、近衛兵に囲まれるユアンの姿が映り込む。こちらに駆け寄ったライナスが、不安げにジルを見下ろした。

「……あの……大丈夫《だいじょうぶ》ですから……」

起き上がろうとしても、身体が言うことをきかない。そばにしゃがんだライナスが、倒れているジルの背中に腕《うで》をまわした。刹那《せつな》、マダム・ヴェラの助言が、ジルの脳裏《のうり》に蘇《よみがえ》った。

──おそらく、あなたを抱《だ》きしめた殿方《とのがた》はわかるでしょう。

とっさに彼の腕をはねのけようとしたものの、思うように身体が動かない。ライナスの肩《かた》に額を寄せたとたん、ジルは意識を失った。

「お手当てを？」

近衛兵《このえ》に訊ねられたライナスは、ジルを抱き上げた瞬間、動きを止めた。

――なんだ、これは？

「いかがなさいましたか」

「いや……なんでもない。手当ては僕がする」

「わかりました。のちほど宰相《さいしょう》閣下がお会いしたいとのことです」

「わかった、ありがとう」

ライナスに会釈した彼は、ユアンを捕《と》らえた近衛兵とともに去った。息をついたライナスは、やけに軽いジルの身体を抱き上げて、廊下を歩く。

トーマスもユアンも捕らえることはできたが、婚約式当日まで開かれることのない木箱にあったのは、すでに汚されたタペストリーだった。それを見たアンドリューは無言で立ちつくし、呼びかけても返事すらしなかった。呆然《ぼうぜん》とするしかない気持ちがわかるからこそ、嵐《あらし》の前の静けさのようで気がかりだ。

――それに、気がかりなことはまだある。

困惑《こんわく》したライナスは、目を閉じているジルを覗《のぞ》き込んだ。頼《たよ》りなげで華奢《きゃしゃ》な骨格、すらりとした首筋。両腕の感触《かんしょく》でわかる。これのどこが、男だというのか。

（……どういうことだ）

なぜ、男のふりをして来たのか。これまでにもそういった令嬢はいたが、彼女たちは大切な髪《かみ》を切ることなく、カツラで面接に来た。だが、ジルは違《ちが》う。

――本気で美術教師の資格を得るために髪を切り、〝男として〟ここへ来たのだ。

それはおそらく、ジルにとってその選択肢《せんたくし》が、自分たちの助手になることしかなかったからだろう。

(……すっかり騙《だま》されたな)

聡明《そうめい》で賢《かしこ》い少年の正体に、ライナスはひたすら戸惑《とまど》う。

貴族の令嬢が教師を目指す理由は、一つしかない。ということは、ジルには恋人《こいびと》も婚約者もいないということになる。

(……そうか。君のまわりには、君の魅力《みりょく》に気づけない男しかいなかったわけだ)

年頃《としごろ》の少女にとって、それがどんなに苦しいことか、男であっても容易に想像できた。

感情的になったところで、現実はどうにもならない。そんなふうに、いろんなことをのみ込んで諦《あきら》める代わりに、大人びた落ち着きを身につけてしまったのだろう。

だが、トーマスを掌《てのひら》で打って激昂《げっこう》する、まっすぐで少女らしい激しさも秘《ひ》めている。

嘘をつくしかなかった、秘密だらけで謎《なぞ》めいた助手。味方になるべきか否《いな》か判断できず、ライナスは嘆息《たんそく》した。

(ともかく、いまはひとまず受け入れよう。あとのことはすべて片付いてからだ)

ジルを抱き上げたまま、ライナスは芸術棟《とう》の扉《とびら》を肩で押し開けた。明かりの灯《とも》った広間から、レイモンドとカーティスが姿を見せる。

「どうした？……って、おい。その美女は誰《だれ》だ!?」

あ然としたカーティスが、ロビーに立ちすくんだ。

「ジルだ。あとで説明するよ。彼の手当てをするから、少し待ってくれ」

「なに!?」

カーティスがあんぐりと口を開ける。レイモンドは幽霊《ゆうれい》でも見たかのような顔つきだ。ライナスは大階段を上りながら、ふたたびジルを見下ろした。そして、一つだけ確実なことがあると、心のなかでひとりごちた。

——この助手がいなくなったら寂《さび》しくなる、と。

第五章　輝ける光の祝福を

目を開けたジルは、はっとして上半身を起き上がらせた。

額にのっていたタオルが落ち、サイドテーブルを見ると洗面器と水差しが置かれている。外はまだ暗く、時計の針は午前四時をしめしていた。ベッドから出たジルは、ドレス姿でいることに気づいて立ちすくむ。

（そうだわ。夜会へ行ってトーマスさんを追い詰《つ》めて、それから……あっ！）

「アンドリュー様の、タペストリー！」

瞬時《しゅんじ》に出来事を思い出し、急いで着替《きが》えて部屋を出た。階段を駆《か》け下り、明かりの灯った広間を見下ろすと、カーティスとレイモンドがいた。

彼らが見ているものを目にしたジルは、とたんに頽《くずお》れそうになった。

（ああ……そんな‼）

黒いインクに汚《よご》されたタペストリーが、テーブルに広げられていたからだ。

アンドリューの王女への想《おも》いが込められた、一年もの歳月をかけたもの。〝永遠の友人〟でいると誓《ちか》い合うと、二人が約束したタペストリーの無惨《むざん》さに、ジルは愕然《がくぜん》とした。

「ジル?」

カーティスがこちらを見上げた。我に返ったジルは廊下《ろうか》を過ぎて大階段を駆け下り、広間の扉を開ける。震《ふる》える思いで広間に入り、タペストリーを間近にして言葉を失う。すると、レイモンドが言った。

「事情はライナスから聞きました。トーマス・メイデルの取り引きに応じたユアン・エイブラハムは、これを汚した重荷を背負って生きるはめになるでしょう」

いつにも増して暗い面持《おもも》ちの彼に、ジルはやっとの思いで声にした。

「……許されることじゃありませんが、トーマスさんに騙されてやったことです。それにユアンさんは、これがどんなものか知らなかったんです」

カーティスは嘆息し、ジルを見た。

「もちろんトーマスだって、ただじゃ済まない。だが、実際に手を下した彼のほうが、罪は重くなる。宝物棟の芸術品を盗《ぬす》んだ者は、そもそも極刑《きょつけい》と決まっているほどだ。理由はどうあれ意図的に汚した者も、それ相応の処罰《しょばつ》を受ける。見せしめの意味もあるからな」

「同情の余地なしですよ。愚行《ぐこう》以外のなにものでもありませんから」

ジルはなにも言えなくなった。ユアンは相応の罪を償《つぐな》うべきだと、わかっている。けれど、ここに来てなにもわからないジルに親切にしてくれたのは、ユアンだけだったのだ。

「……ユアンさんは、どうなるんですか」

腰《こし》に手をあてたカーティスは、重苦しく息を吐《は》いた。

「このタペストリーは、婚約式《こんやくしき》にまつわる喜ばしいものだ。それにケチをつけたのだから、極刑ではなくとも重い罪は覚悟《かくご》しなければならないだろうな」

(重い罪……!)

「では、あの……このタペストリーは、どうなるんですか」

ジルの問いに、レイモンドが答える。

「〝四大守護者《マスターズ・オブ・アーツ》〟の一人が、素晴《すば》らしい創作物で婚約式当日を彩《いろど》ると、イルタニア王太子はすでに耳にしており、ほかの貴族たちも楽しみにしています。それがアンドリューのタペストリーであることは秘されていましたが、こうなった以上、このタペストリーは葬《ほうむ》られるよりほかはありません。〝間に合わなかった〟という、残念な嘘《うそ》を付加させて」

「えっ! 嘘をつくのですか?」

「汚されたのだと正直に伝えたら、この国には婚約を阻《はば》む者がいるのだと思わせてしまいます。ですから穏便《おんびん》に済ませるために、そのような嘘でおさめるしかないんですよ」

「残念だが、しかたがない。アンドリューだけでなく、我々全員の汚点《おてん》にもなってしまうがどうしようもない。いまから同じようなものは、どうしたって創《つく》れないしな」

カーティスは悔《くや》しそうに目を伏《ふ》せる。レイモンドは眼鏡《めがね》の奥の眼光を強めた。

「トーマス・メイデルは、アンドリューと私たちを見事に貶《おとし》めたのですよ」

王女を想うアンドリューの気持ちを、ジルは知っている。このままでは彼の純粋《じゅんすい》な想いにまで、染《し》みがついてしまう気がした。

──黒い、インクの染みが。

そのうえこのことは、主《あるじ》たち全員の汚点にもなってしまうのだ。

（……そんなの、悔しすぎるわ。私になにか、できることはないの？）

ジルは拳《こぶし》を握《にぎ》りしめた。

「それで、あの……ライナス様とアンドリュー様は、どちらに？」

「ライナスは宰相《さいしょう》閣下と会っている。アンドリューはまだ戻《もど》っていない」

「おそらくトーマス・メイデルか、ユアン・エイブラハムに会いに行っているのでしょう」

アンドリューが心配になったジルは、胸騒《むなさわ》ぎを覚えてきびすを返した。

「アンドリュー様を、捜《さが》してきます！」

芸術棟を出たジルは、回廊を駆け抜《ぬ》けた。

北東にそそり建つ塔《とう》の周囲に、近衛《このえ》兵が集まっていた。宮廷《きゅうてい》に関《かか》わる重罪の容疑者は、塔の地下牢《ちかろう》に監禁《かんきん》され、近衛師団の団長による尋問《じんもん》を終えてから、収容施設《しせつ》に送られる。その後、司法大臣のもと裁判にかけられ、刑《けい》が確定したのち、監獄《かんごく》に護送されるのだ。

ジルがアンドリューの所在を訊《たず》ねると、ここにはいないと言われた。

「では、ユアンさんに会うことはできませんか」

一人の近衛兵が、顔を曇《くも》らせる。

「いいけど、見たものは他言するなよ」

「わかりました。ちなみにここには、ユアンさんしかいないのですか」

「もう一人なら、あそこだ」

塔の真上を指でしめす。そこには、国王陛下自らが罰《ばっ》を下す者が監禁されるのだと、別の近衛兵に教えられた。

ジルは湿《しめ》っぽい地下牢の階段を下りた。石壁《いしかべ》に灯るろうそくを頼《たよ》りに、鉄扉《てっぴ》が並ぶ通路を歩く。と、うめくような泣き声が聞こえて、足を止める。鉄扉の小さな窓に顔を寄せると、石床《いしゆか》に横たわるユアンが見えた。

「ユアンさん！」

「ジル……？」

顔を上げたユアンの顔は、誰《だれ》かに殴《なぐ》られたように赤く腫《は》れ上がっていた。

「その顔、いったい誰に……!?」

「尋問室にいたとき、ベイフォード公爵《こうしゃく》がやって来て殴られた。当然だ。俺も彼だったらそうするよ」

「でも、お手当てをしなくては！」

「いい、やめてくれ。手当てなんていらない。これでいいから、お願いだ」

それでも放《ほう》っておけず、いったん地下牢を出たジルは、井戸《いど》まで走りポケットチーフを水に浸《ひた》した。すぐに引き返し、それを扉《とびら》の窓からユアンに差し出す。受け取ったユアンは、濡《ぬ》れたチーフを頬《ほお》にあてた。

「……ありがとう。けど、君のチーフが」

「かまいませんから、せめて冷やしてください」

コクンとうなずき、ユアンは深くうつむいた。

「悪かったよ、ジル。本当に、悪かった。謝るよ」

そう言って肩《かた》を震わせると、チーフに顔を埋《うず》めた。

「馬鹿《ばか》だよな……まさかトーマスに騙《だま》されてたなんて、想像もしなかった。高価な身なりで立派に見えたし、王都で暮らしてる伯爵《はくしやく》家の息子《むすこ》と仲良くなれて、舞《ま》い上がってたんだ。家の事情を話したら、力になるって言われてまんまと信じた。けど、まさか国事に関わるものだったなんて、本当に知らなかったんだ。でも、たとえそうだとしても、すべきことじゃなかった。どうしようもない馬鹿だよな。俺なんか……死んだほうがマシだ！」

「そんなこと、言わないでください！」

窓に顔をつけてジルが訴《うった》えると、ユアンは嗚咽《おえつ》をもらした。

「生きて、逃《に》げずに、罪をきちんと償ってください。あなたがそうしなければ、ご家族はもっと苦境に立たされてしまいます。違《ちが》いますか？」

ユアンの嗚咽が大きくなる。

「……わかってる。罰せられることは、捕《つか》まったときから覚悟してる。全部俺が招いたことだ。けど、家族にはなんの罪もない。俺が勝手にしたことなんだ。縁《えん》をきってくれていいと思ってる。でもベイフォード公爵は、父の爵位を返上させてやるって……！」

「えっ、アンドリュー様が⁉」

「彼は王族に近い高位の貴族だ。そうすることなんて、赤子の腕《うで》をひねるようなものだろ？……どうしたらいいんだ、俺。なんてことをしたんだ……！」

彼は充分《じゅうぶん》反省している。罪を償う覚悟もしている。家族を守るための、騙された果ての愚行だったのだ。その家族にまで自分の罪が及《およ》ぶことを、ユアンはなによりも後悔《こうかい》していた。

「……でしたら、僕がアンドリュー様を説得してみます」

弾《はじ》かれたように、ユアンは顔を上げた。

「君が？」

「ええ。あなたの家族には関係のないことだと、わかってもらえるように伝えてみます」

「けど……そんな……いや、無理だよ、ジル」

「無理でもやってみます。それに、あなたには恩がありますから」

ユアンは困惑《こんわく》し、眉《まゆ》をひそめる。

「俺はたいしたことをしてない。それなのにどうして君は、そこまで俺に親切にしてくれるんだ？　割にあわないだろ……」

窓からユアンを見すえながら、ジルは静かに告げた。

「割にあうとかあわないとかは、関係ありません。これは僕の、気持ちの問題です」


地下牢を出たジルは、まっさきに礼拝堂へ向かった。

前にライナスと一緒《いっしょ》に辿《たど》った階段を上り、華麗《かれい》な純白の両開き扉に手をかけた。

白みはじめた空が、天窓からうっすらとした輝《かがや》きを落とす。二階柱から顔を出したジルは、アンドリューの姿を眼下にとらえた。

彼は祭壇《さいだん》の前で、深くうなだれていた。二階から出たジルは扉を閉め、廊下《ろうか》を渡《わた》って階段を下りる。一階の両開き扉を引き開けて、アンドリューの背中を視界に入れた。けれど、かける言葉が見つからない。ジルが立ちつくしていると、彼が振《ふ》り向いた。

その瞳《ひとみ》は、涙《なみだ》で赤く染まっていた。怒《いか》りと哀《かな》しみで顔を歪《ゆが》ませながら、ジルを睨《にら》みすえる。

「……なんだ、女装はやめたのか」

そう吐《は》き捨てて冷笑《れいしょう》すると、身廊を歩いて来た。

「どうした？　俺になにか文句があるなら、さっさと言え。お前だって助手だ。俺へのくだらない仕返しを考えているなら、せいぜい命をかけてやることだな」

目前に迫《せま》ったアンドリューは手を伸《の》ばし、ジルの胸《むな》ぐらを両手で摑《つか》み上げた。ユアンを殴ったその手の甲《こう》は、血でにじんでいた。

「……殴り殺してやる！」

彼は冷静さを欠いている。殴られるかもしれないと思うと、ジルの全身に震《ふる》えが走った。

(彼の感情に引きずられてひるんだら、説得なんてできないわ。落ち着いて、感情的になっては絶対にダメ)

「……あ、あなたに、文句などありません。ただ、ユアンさんの家族までをも罰するのは、やめていただきたいのです！」

怖《こわ》さに耐《た》えながら、ジルは必死に言葉をつむいだ。アンドリューの手の力が強まり、ジルの身体《からだ》は浮《う》きそうになる。それでもジルは、射るような彼の双眸《そうぼう》を見返した。

「どうかユアンさんの家族にまで、彼の罪を負わせないでください。ユアンさんは、家族を守りたかっただけなんです。許されることじゃありませんが、でも――」

「――お前も、あいつらの仲間か？」

驚《おどろ》いたジルは、一瞬《いっしゅん》言葉をのんだ。顔を近づけたアンドリューは、まなじりを決してジルを睨んだ。

「お前もあいつらの仲間なんだな！　そうなんだろう‼」

「違います！　あなたへの仕返しなら、もうしています！」

「――なに⁉」

「あなたに少しでも認めてもらうこと。それが僕の仕返しです！」

息をのんだアンドリューは、手の力をかすかに緩《ゆる》める。ジルはたたみかけた。

「婚約式《こんやくしき》までに認めていただかなければ、あなたに放り出されてしまいます。僕にも夢があります。それを叶《かな》えるために、ここにいるんです。そんな人間にできるあなたへの仕返しは、認めてもらうことだけです！」

激しく瞠目《どうもく》した彼は、ゆっくりとジルの胸ぐらから手を離《はな》した。何度も深く嘆息《たんそく》しながら、冷静になろうとするかのように髪《かみ》をかき上げる。

身なりを気にする彼が、手の甲の血を拭《ぬぐ》ってすらいない。それほど我を忘れたのだ。ジルはズボンのポケットからハンカチを出した。

「アンドリュー様、右手を出してください。そのままではお洋服に血がついてしまいます」

はっとした彼は、いま気づいたといわんばかりに手の甲を見る。ジルはその手に、広げたハンカチを巻いた。それは旅立つジルの無事を願って、母親が五年前と同じ刺繡《ししゅう》を施《ほどこ》してくれた、コットンのハンカチだった。

「……イニシャルに、四つ葉の刺繍？　令嬢《れいじょう》みたいなハンカチだな」

「は、母がお守りに針を刺《さ》してくれたものです。僕ではなく、母の趣味《しゅみ》です」

慌《あわ》てて言い訳をし、ハンカチをきゅっと結んだ。いっときの間をおいてから、アンドリューは苦しげな声音《こわね》を吐いた。

「……俺は、自分が目にして感じたものを、そのまま言葉にする癖《くせ》がある。そのせいで誰《だれ》かを傷つけていたとしても、これが俺だ。気に入らなければ、助手など辞《や》めればいい。また別の誰かが来る。そう考えていたが……自分で蒔《ま》いた種というわけだ」

アンドリューはうつむいたまま、ジルを上目遣《うわめづか》いにした。

「冷静なお前といると、激昂《げっこう》していることが馬鹿らしく思えてきた。これでは公爵ではなく、まるでクズなガキだな」

強がるようにそうささやき、視線を落とす。

「俺が自分を変えられないように、トーマスもそうだったんだろう。あいつは重罪だし、騙された使用人もそうだ。このお前の母親の刺繍に免《めん》じて、使用人の家族は放っておいてやる。俺が暴れたところで、タペストリーがもとに戻《もど》るわけではないからな」

ジルは安堵《あんど》の息をつく。ありがとうございますと、口にしようとした寸前。

「自分で蒔いた種は刈《か》る。〝素晴《すば》らしい創作物で婚約式当日を彩《いろど》る〟と豪語《ごうご》したくせに、それはもうどこにもない。陛下や王女の顔に、泥《どろ》を塗《ぬ》ったのと同じことだ」

ジルの横を過ぎる瞬間、アンドリューは言った。

「だから、ここを去る。どのみち王女も消えてしまう。俺の創作物はすべて、彼女に捧《ささ》げたものだったからな。俺がここにいる意味は、もうなにもない」

そう告げるやいなや、アンドリューは歩き去る。ジルはとっさに声を上げた。

「待ってください。ここを去るだなんて、どういうことですか！」

駆《か》け寄るジルを、アンドリューは冷ややかに見下ろした。

「そのままの意味だ。お前も芸術棟《とう》にいたければ、好きにしろ」

「そんな……諦《あきら》めないでください！　まだなにかきっと、できることはあるはずです！」

「代わりのタペストリーを既製品《きせいひん》で探すか？　ジル、そんなことはできない。そんなことをするくらいなら、なにもないほうがマシだ」

「でも……！」

「あと二週間で婚約式だ。そんな期間であのタペストリーと同等のものを、生み出すことなどできるわけがない。あれは王女のドレスが、もっとも映《は》えるものだった。どちらも俺が生み出したものだ。だが……もういい。なにもかも、もううんざりだ！」

投げやりな語調で吐き捨てると、アンドリューはジルを置いて礼拝堂から去った。

（……ダメよ。このままにしてはおけない！）

アンドリューのタペストリーに刺繍された紋様《もんよう》で、王女の門出《かどで》を祝福したい。なぜなら彼はその一心で、一年もの歳月をかけて、アーヴィルに足を運び続けてきたのだから。

(生涯《しょうがい》で一度きりのことなのよ。アンドリュー様と王女殿下《でんか》の想《おも》いを、どうしても守りたいわ。それに主《あるじ》たち全員の尊厳だって、貶《おとし》められてはたまらない)

でも、どうすればいい？　その気持ちばかり焦《あせ》る。身廊の中央に立ったジルは、礼拝堂を見まわした。

(……考えて。必ずなにか思い浮かぶはずだから)

アンドリューの言うとおり、どうにもならないかもしれない。そんな不安を打ち消しながら、ジルは時間をかけて、礼拝堂の隅々《すみずみ》に視線を這《は》わせた。けれど結局、なにも思いつかなかった。

(私に知識が足りないからよ。いいわ、書庫で調べものをしましょう)

絶対に諦めない。きっとなにかあるはず。そう決意して、身廊を歩きはじめようとしたときだ。

ジルの周囲が、黄金色《こがねいろ》の光に包まれた。眩《まぶ》しさに目を細めたジルは、ふと顔を上げる。

高いクーポラの天窓から、朝日が優《やさ》しく射《さ》し込んでいた。そのとき、前に読んだ建築に関する書物の一文が、ジルの脳裏《のうり》に浮かんだ。

——ディランドにおいての聖堂および教会、礼拝堂の天窓は、自然光を四大天使がもたらしたものとする宗教的見地から、それを遮《さえぎ》るものはあってはならない聖域とされている——。

「――あ」

そう――そうだ！　そのひらめきに、ジルはいっとき躊躇《ちゅうちょ》した。だが、それしかない。

意を決したジルは、足早に身廊《しんろう》を過ぎ、礼拝堂をあとにして駆け出した。


「トーマス・メイデルの処遇《しょぐう》は、陛下の恩赦《おんしゃ》で禁固刑《けい》におさまるだろう。ユアン・エイブラハムは懲罰刑《ちょうばつけい》で仲良く監獄《かんごく》行きだ。まったく、とんだことをしでかしたものだな」

薄靄《うすもや》に包まれた庭園を眺《なが》めながら、宰相《さいしょう》のオドネル卿《きょう》はグラスにブランデーをそそいだ。

「なんにせよ、小さな針の穴は埋《う》まったわけだ。革命かと懸念《けねん》した大げさな私も、今夜は枕《まくら》を高くして眠《ねむ》れそうだ。貴君には感謝する。一杯《いっぱい》どうだ？」

執務室《しつむ》の長椅子《ながいす》に座ったライナスは、差し出されたグラスを掌《てのひら》で断った。オドネル卿はそのグラスを口に運びながら、ローテーブルを挟《はさ》んでライナスの前に腰《こし》を下ろした。

「メイデル伯爵《はくしゃく》には、通達したのですか」

「夜会で賑《にぎ》わう深夜にな。返事によれば、こちらの処遇で問題はないとのことだ。だが、息子《むすこ》と縁《えん》はきらないらしい。肩身《かたみ》が狭《せま》くなるだろうに、いい父親だ」

ライナスは控《ひか》えめに笑《え》んだ。

「……それで、ユアンのご家族は？」

「彼には相応の罪を償《つぐな》ってもらうが、エイブラハム子爵家の爵位の返上は考えていない。婚約式間近のことで、なるべく穏便《おんびん》に済ませたいとの陛下の仰《おお》せだ。それと、メイデル伯爵は迷惑《めいわく》をかけた代わりに、息子の嘘《うそ》を真実にするそうだぞ」

「まさか、小切手を送ると？」

「そうらしい。人望があるのも当然だな」

ライナスはうなずきで同意した。と、オドネル卿は顔を曇《くも》らせる。

「……問題は、例のタペストリーだ」

「ユアンはいつ汚《よご》したのですか」

「近衛《このえ》師団団長の尋問《じんもん》によれば、二日前だそうだ」

ぎりぎりまで悩《なや》み抜《ぬ》き、宝物棟の使用人が休憩《きゅうけい》に入ったほんの隙《すき》を狙《ねら》い、とうとう手を下してしまったらしい。

「〝間に合わなかった〟ということになるが、了承《りょうしょう》してもらいたい。汚されたもので、婚約《こんやく》式を彩るわけにはいかないのでね。私も楽しみにしていたから、残念だ」

「ええ」

「ベイフォード公爵とともに、貴君たちの評判にも影《かげ》を落とすことになるが、受け入れてもらうしかない。だが、不幸中の幸いとも言える。婚約式当日に木箱を開けて、慌てふためく事態を回避《かいひ》できたのだからな。まあ、そう思うしかないだろう」

オドネル卿は深く嘆息《たんそく》した。ライナスはゆっくりと腰を上げた。

「……では、僕はこれで」

「ああ、ゆっくり休むといい」

ライナスは会釈《えしやく》で答え、執務室をあとにした。しばらく廊下を歩いてから、ふと足を止めて息をつく。あのタペストリーは、逆立ちしたところで二度と手に入らないものだ。

――残念だが、どうしようもない。

嘆息して髪《かみ》をかき上げてから、ふいにその手を見下ろした。ジルを抱《だ》きかかえた感触《かんしよく》が、まだ残っている。

「……さて、どうするかな」

真実を全員に伝えて、クビにするか。それとも味方になり、騙《だま》されているふりを続けるか。

どちらにせよ、考える時間が必要だ。ライナスは庭園に向かって歩き出した。


芸術棟の自室に戻ったジルは、記憶《きおく》にある書物のページをめくり続けた。きちんと確認《かくにん》したいのに、目当ての箇所《かしょ》が見つからなくて焦る。

(そうだわ、レイモンド様に教えてもらおう。そのほうがずっと早いもの)

書物を閉じて部屋を出る。二階の廊下から見下ろした広間には、長椅子で眠っているカーティスしかいない。タペストリーは丸められ、テーブルの隅《すみ》に置かれてあった。

ジルはレイモンドの書斎《しょさい》をノックした。返事がないのはいつものことだ。かまわずに開けると、レイモンドはデスクを背にして座り、足の上にのせたボビーの頭を撫《な》でながら、ぼんやりと窓の外を見ていた。

「おはようございます。突然《とつぜん》ですがレイモンド様、教えていただきたいことがあります」

窓から視線をそらすことなく、レイモンドは鬱々《うつうつ》とした様子で息をつく。

「……まったく、気鬱《きうつ》に身を委《ゆだ》ねる時間すら持てないとは。なんですか」

「この国の聖堂や礼拝堂などの天窓は、自然光を遮ってはいけない聖域となっています。けれど、例外があったはずなんです。お手数ですが、教えていただけませんか」

やれやれと嘆息した彼は、眼鏡《めがね》を指で押し上げると、ボビーの頭をまた撫でる。

「クーポラの天窓は空洞《くうどう》が常識ですが、近年になりガラスを組み入れて修復するものが目立ちはじめました。それに伴《ともな》い各地方の聖職者たちから、天窓をステンドグラスにしてはいけないのだろうかという意見が上がり、やがて論争に発展したのです。これを受けて七年前、法王のもとで会議が開かれました。その結果、四大天使の御《み》言葉の一部をしるしたものと、それらを引き立てる紋様のステンドグラスは例外と認められたのです。法王曰《いわ》く、〝四大天使の御言葉は、天から降りそそぐ光とともにあり〟」

さすがは〝知の守護者《マスター》〟だ。ページをめくって探すよりも早い。

「ですが、そういった天窓のある聖堂や礼拝堂は、私の知る限りこの国に存在していません」

「えっ、存在していないのですか？」

「そもそもステンドグラスは、文字を読めない人々に、四大天使の教えを〝絵で伝える〟ために生まれたものです。年老いた信者には、そういった方々がいまだ少なくありません。ですから、彼らに読めない御言葉をしるすくらいなら、空洞のままかガラスでよいと考える聖職者や建築家が多いのです。なによりも、御言葉と紋様のみのステンドグラスは、よほど腕《うで》のいい者が手がけたものでなければ、美しく仕上がりません。ようするに法王は、論争を静かにおさめるために、そういった結論を導いたのだろうと私は深読みしています」

レイモンドは勝ち誇《ほこ》ったように、フフンとほくそ笑んだ。

「それは……つまり、御言葉と紋様で美しく仕上げたステンドグラスなら、例外として許されるということでしょうか」

「ええ、そうです。私にこんなにしゃべらせて、いったいなんだと言うんですか」

「それが知りたかったのです。ありがとうございます！」

一礼したジルは、勢いよく書斎を出て広間に向かった。眠っているカーティスを起こすのは気が引けたが、いっときも無駄《むだ》にはできない。

「あの……眠っているところをすみません。カーティス様、起きていただけませんか」

うめきながら目を覚ましたカーティスは、寝不足《ねぶそく》のげっそりした顔でジルを見上げた。

「……なんだ、もう昼か？」

「いえ、朝です。起こしてすみません。教えていただきたいことがあるのです」

カーティスは両手で顔を撫でつけながら、のっそりと起き上がってあくびをする。

「私にわかることか？」

「もちろんです。銀王宮の礼拝堂の天窓は、取り外せますか？」

カーティスはぎょっとした。

「そいつはできない。直径二メートルの一枚ガラスをはめ込んだ鉄枠《てつわく》が、微細《びさい》に計算された額縁《がくぶち》で固められている〝はめ殺し窓〟だからな。取り外すというよりも、取り壊《こわ》すってことになる。そもそもクーポラの天窓はガラスをはめないもので、あそこはもとは直径三メートルの空洞だったんだぞ」

「三メートルの空洞？」

「ああ。しかし、雨が降ると濡《ぬ》れるし、あちこち拭《ふ》くはめになる。強度のあるガラスが手に入るようになってから、私の父が小さく修復してガラスをはめたのだ。そういうわけだから、取り外すとなれば大事《おおごと》になる。どうした？」

ジルは落胆《らくたん》した。

(……困ったわ。もう暗礁《あんしょう》に乗り上げてしまった)

カーティスは苦い表情のジルを見て、「どうした？」とまた訊《たず》ねる。突拍子《とっぴょうし》もない思いつきをジルが伝えると、彼は眠気《ねむけ》を消し去り、眼光を輝《かがや》かせて背筋を正した。

「そうであれば期間限定だが、できなくはない」

「本当ですか⁉」

カーティスは右手の甲《こう》の上に、左手を重ねて見せた。

「二重にする。一枚目には現在のガラス、その上に重なる枠を、クーポラの外側に新たに設けてはめ込むんだ。ただしこの場合は急務だから、見栄《みば》えのいい装飾《そうしょく》を施《ほどこ》したり、耐久性《たいきゅう》に優《すぐ》れたものにする時間はかけられない。だから即座《そくざ》に、取り外さなくてはいけないが」

「……そんなことが、できるんですか？」

ニッとカーティスは笑んだ。

「私は〝異端《いたん》の守護者《マスター》〟だぞ。もちろんできる。だが、難題が待っているぞ、ジル。せっかくあるここの工房《こうぼう》を、ライナスはいまだに一度も使ったことがないのだ」

知っている。ライナスは五年間、ステンドグラスを創《つく》っていないのだ。

「スランプだと、聞いています」

「私も詳《くわ》しくは知らないが、おそらくそうなのだろう。それに、私たちにはそれぞれの範疇《はんちゅう》がある。互《たが》いの作品や言動になるべく干渉《かんしょう》しないことが、ここのルールだ」

わかっていますと、ジルはうなずいた。

「それでも、お願いしてみようと思います。アンドリュー様は、王女殿下《でんか》のドレスがもっとも映《は》えるものにしたと言っていました。そのドレスが映えるもので、なおかつタペストリーではないものだとしたら、ステンドグラスしかないと僕は思うんです」

ステンドグラスの光が、王女のドレスに降りそそぐ。それはきっと、素晴《すば》らしい光景になるはずだ。だが、ライナスは了承しないかもしれない。それでも、誠意を込めて伝えるしかない。

「僕はなにも生み出せません。ですから、ここのルールに反しているとしても、皆《みな》さんのお力をお借りするしかありません。僕はアンドリュー様と皆さんの尊厳を、どうしても守りたいのです。カーティス様、どうぞ力を貸してください、お願いいたします！」

ジルが頭を下げると、カーティスは笑った。

「私たちの尊厳を守りたいと言ってくれた助手は、お前がはじめてだ。いいだろう、ジル。私は熱い男だから、お前のような考え方は大歓迎《だいかんげい》だ。アンドリューのためにも引き受けよう」

よっ、と立ち上がったカーティスは、大きく腕を伸《の》ばした。

「私はさっそく設計に取りかかる。ライナスが了承《りょうしょう》したら知らせろ。職人たちを集めなくてはいけないからな」

「カーティス様、ありがとうございます！」

深く頭を下げたジルの髪《かみ》を、カーティスはわしわしとかきまわして出て行った。

大きく深呼吸をしたジルは、ライナスを捜《さが》すために芸術棟《とう》を出た。


ライナスは庭園の噴水《ふんすい》周りに腰《こし》を下ろしていた。上着は部屋に置いてきたのか、夜会に赴《おもむ》いたときのベストとシャツ姿で、襟元《えりもと》のタイは緩《ゆる》んでいる。

黄金色《こがねいろ》の朝日に照らされた彼の横顔を目にしたとたん、ジルの鼓動《こどう》はドキリと跳《は》ねた。タペストリーのことで頭がいっぱいで、すっかり忘れていたことを思い出したからだ。

（……どうしよう。私、彼に抱《だ》き起こされたのよ）

マダム・ヴェラの助言が、また脳裏《のうり》を過《よぎ》る。まさかあれしきのことで、正体がバレるわけがない。胸はぺったんこだし、女性らしい柔《やわ》らかさの欠片《かけら》もない身体《からだ》だ。その自信だけはある。

（……とにかく、助けてもらったお礼を言わなくては）

そう思い歩みを進めたものの、ためらってしまう。思わず足を止めたとき、ふと彼がこちらを見た。神秘的な瞳《ひとみ》が、一瞬《いっしゅん》大きく見開かれる。

やはりバレたのか。そう思って身動きできずにいると、ライナスは柔らかく笑《え》んだ。

「おはよう」

ジルは心底ホッとした。大丈夫《だいじょうぶ》だ、バレていない。

「おはようございます」

なんとか笑顔を返し、彼に近寄ってから頭を下げた。

「助けていただいて、ありがとうございます。それに、部屋まで運んでくださったんですよね。それと、あの、お手当ても……」

「ああ。どこか痛いところはない？」

「はい、大丈夫です」

「それはよかった」

そう言って、彼は安堵《あんど》したように微笑《ほほえ》む。

苦手な人だ。吸い込まれそうな瞳に見つめられると、バレていないとわかっていても、正体が知られている気がして落ち着かなくなる。それなのに、どうしてだろう。

――こうして顔をあわせると、心が浮《う》き立つ感覚を覚えるのは。

「ジル？　どうしたの」

彼は五年間も、スランプに苦しんでいる。それを知っていてなお、他人の紋様《もんよう》でステンドグラスを創ってほしいと提案するのは、彼に対してあまりにも失礼なことだ。

（……でも、私は彼らの助手なのよ。彼らの尊厳を守ることも、仕事のうちだわ。そのための力を、どうしても彼に借りなくてはいけないんだもの。言わなくては）

侮辱《ぶじょく》と受け取られるのが、怖《こわ》かった。それでも勇気を振《ふ》り絞《しぼ》るために、ジルはそっと拳《こぶし》を握《にぎ》った。伝えなくては、前に進めない。あとは彼の判断にゆだねよう。ジルは大きく息を吸った。

「ライナス様。僕はこれから、あなたにとても失礼なお願いをします。どうか怒《おこ》らずに聞いてください」

「ずいぶん物騒《ぶっそう》だな。失礼かどうかは僕が決めるから、言ってごらん」

ジルは自分の考えを伝えた。アンドリューのタペストリーの紋様で、王女殿下の門出《かどで》を祝いたい。それに、アンドリューと全員の尊厳も守りたい。だから——。

「——礼拝堂の天窓に、タペストリーの紋様で、ステンドグラスを創っていただきたいのです」

ライナスは真顔で絶句し、目を見張った。ジルの目にはそんな彼の様子が、怒っているように映ってしまう。

「時間が……ありませんし、とても大変なことを頼《たの》んでいる自覚もあります。あなたのスランプのことも知っています。けれど、それしかないと僕は思っています」

ライナスは瞠目《どうもく》して、押し黙《だま》っている。ジルはさらに拳を固くした。そのとき思い浮かんだのは、五年前に父親と見たエルシャム聖堂でのことだ。

（あのときの感動を、話すべきだわ。どれほど励《はげ》まされたかを、すべて伝えるの）

「……前に、父と一緒《いっしょ》にエルシャム聖堂を見たことを、あなたにお話ししました。実はそのとき、僕たちが王都を訪《おとず》れたのは、屋敷《やしき》を手放す手続きのためだったのです」

驚《おどろ》いたように、ライナスはさらに目を見開く。ジルは落ち着くために目を閉じた。

「しかたのないことでしたが、父はとても落ち込んでいました。そんな父を元気づけたくて、エルシャム聖堂を訪れることにしたのです。修復が終わったことを知っていましたし、田舎《いなか》にいたときから、僕も見たいと思っていましたから」

カーティスが生み出した装飾の美しさ。そして、いま目の前にいる彼の手から生まれた、ステンドグラスの輝き。ジルはそれらを、ありありと思い出した。

「なにがあっても家族仲良く支え合って生きていけたら、なんとかなる。あのステンドグラスを見ていたらそう思えてきたと、父は言いました。あなたのステンドグラスには、生きていく力を授《さず》けてくれる力があると思います。その力を、絵画でも発揮されていることは承知していますけれどあなたの神髄《しんずい》は、ステンドグラスにあると僕は思っています。ですから、ライナス様。どうか、お願いします――」

目を開けたジルは、ライナスをまっすぐに見つめた。

「――アンドリュー様のために、あなたの神髄である魔術《まじゅつ》を、使っていただけませんか」

ライナスが息をのんだ。ジルは視線をそらさず、息を詰《つ》めて彼の返事を待った。

――断られる！　そう覚悟《かくご》を決めて、さらに拳を強く握ったとき、ライナスが口を開いた。

「僕の神髄は絵画にあると、誰《だれ》もが思ってる。でも、本当は君の言うように、ステンドグラスだ。そんなふうにはっきりと言葉にされたのは、はじめてだよ。ありがとう、光栄だ」

　びっくりしてジルが目を丸くすると、ライナスが立ち上がった。

「君と父上のような親子の会話を、遠くから聞いたことがあるんだ。その親子を思い出したよ」

　ジルの真意を探《さぐ》るかのように、彼は眼差《まなざ》しを向けてくる。

「君は、アンドリューと僕たちを守りたいんだね？」

「そうです。それも僕の、仕事だと思いますから」

　ライナスの顔に、優《やさ》しげな笑みが広がっていく。と、彼はジルの頭をふわりと撫《な》でた。

（わっ、な、なに……⁉）

「……いい子だ。いや、君はいい助手だ。……決めたよ」

「き、決めたって……なにをですか」

　なんでもないと、ライナスは瞳を細める。見惚《みと》れるほどの笑顔が間近にあって、ジルの鼓動は激しさを増した。そんなジルに、彼はささやいた。

「……これもなにかの思し召《おぼめ》しかな。いいだろう……わかった」

「えっ……え？　ほ、本当ですか⁉」

「ああ。自信はないけど、やってみよう」

　ジルの頭から手を離《はな》すと、彼は一瞬だけ眼差しを鋭《するど》くさせた。

「それに、アンドリューが一年もかけたものを、あのままにしておくわけにはいかない。僕たち全員のためでもあるし、力になれるなら本望《ほんもう》だ。それで、アンドリューには言ったの？」

いつもよりも語調が柔らかく聞こえるのは、気のせいだろうか。

「あっ……いいえ、まだ言ってません」

「だったら、僕が言うよ。それに、陛下の了承も得なくちゃいけない。それはレイモンドにお願いしよう。彼は陛下の一番のお気に入りだから」

どんどん彼のペースになっていく。信じられなくて呆然《ぼうぜん》とするジルを尻目《しりめ》に、ライナスは背を向けた。いったん決めると、彼の行動は誰よりも早い。

「あの！　ライナス様、本当にありがとうございます！」

大きな声でそう言うと、ライナスは歩き去りながら右手を上げてくれた。

想定外の彼の言動に戸惑《とまど》いつつ、ジルも芸術棟に向かって歩き出す。無性《むしょう》に高鳴る胸の鼓動を、感じながら。


アンドリューのアトリエを訪れたライナスは、生地《きじ》やデザイン画をまとめている彼に目を丸くした。どうしたんだと訊《たず》ねると、ここを出る準備だとアンドリューは吐《は》き捨てる。

腕《うで》を組んだライナスは、ドアロにもたれて苦笑《くしょう》した。

「タペストリーの責任を負って？　君らしくないな」

バサリとデザイン画を長椅子《ながいす》に放《ほう》り投げて、アンドリューはライナスを睨《にら》んだ。

「もうここにいる必要はない。婚約《こんやく》式が終わったら、陛下に伝えるつもりでいる」

「じゃあ、考える猶予《ゆうよ》はあるわけだ」

けげんそうに、アンドリューは眉《まゆ》をひそめた。

「どういう意味だ」

近づいたライナスは、彼の手の甲《こう》のハンカチを見るなり息を止めた。くしゃりと皺《しわ》の寄った隅《すみ》に、見覚えのある刺繍《ししゅう》が施《ほどこ》されてある。

「……そのハンカチ、どうしたんだ。ちょっと見せてくれ」

「ハンカチ？　ああ……ジルのおせっかいだ」

「……ジル？」

アンドリューは結び目を解き、ライナスに渡《わた》す。受け取ったライナスは、驚きのあまり呆然となった。装飾《そうしょく》文字に、小さな四つ葉。忘れるはずがない。これだけはしっかりと記憶《きおく》にある。なにしろ自分の手元にも、同じ刺繍のハンカチが残っているのだから。

──これは四大天使の、いたずらか？

哀《かな》しみに沈《しず》むライナスを、唯一《ゆいいつ》優しく慰《なぐさ》めてくれたのは、テーブルに置かれたハンカチだったのだ。あのときの少女が、こんな身近にいたなんて、どうしても信じられない。けれど、これは夢ではない。いま手にしているハンカチの刺繍が、なによりの証拠《しょうこ》だ。

まさか、あのときの青年が自分だと知っていて、ジルはここへ来たのだろうか。いや、ありえない。そんな素振《そぶ》りを微塵《みじん》も感じたことはない。だから、ジルは間違《まちが》いなく知らない。たぶん、想像したことすらないはずだ。

あの日。静まり返った聖堂に、親子の会話が静かにこだまし、ライナスの耳にも届いていた。

そのときの父親の言葉を、ライナスは何度思い出したことだろう。

──善き魔術師の生み出した、慰《なぐさ》めの魔術か。

それでも創《つく》れなくて苦しんだ。だが、背中を押される。これは、きっと──立ち直る合図だ。

「……無理にでも、本気を出すしかなくなったな」

「なにを言ってる？　整理の邪魔《じゃま》だから、出て行ってくれ」

邪険にしてくる彼にハンカチを返し、ライナスははっきりと告げた。

「礼拝堂の天窓に、君のタペストリーの紋様《もんよう》でステンドグラスを創るよ。僕が」

アンドリューは、あ然とした。

「……なん、だって。本気か？」

「ああ、本気だ。たったいま、本気になった」

「それは、お前の案なのか」

「いや、ジルの案だ」

目を見張ったアンドリューは、眉間《みけん》の皺を深くする。

「……ジル？」

「いいアイディアだよ。思いつきもしなかった」

アンドリューは食い入るように、ライナスを見つめた。

「……お前はいつから、あいつの言うことを聞くようになったんだ」

「さあ、いまからかな」

「お前、どうしたんだ。大丈夫《だいじょうぶ》か、かなり変だぞ？」

彼の言葉の意味を、ライナスはよくわかっていた。アトリエを同じくする者たちがなにをしていようとも、気にかけたことなど一度もない。その作品の素晴《すば》らしさを尊ぶからこそ、口を出したこともない。いままで誰かの作品を、自分で再現しようとしたこともない。それはもう、自分の作品ではなくなるからだ。

「俺の紋様だ。お前の考えたものじゃない」

「わかってる」

たしかに自分は、どうかしている。でも、こんな自分は嫌《きら》いじゃない。もともとこういう人間だったはずなのだ。ただずっと、忘れていただけで。

「君のタペストリーと、まるきり同じというわけにはいかないけど、近づけるように努力する。

それでもよければ創らせてもらいたい。どうかな」

思案するかのように、アンドリューはうつむいた。やがて決意したように嘆息《たんそく》すると、ライナスを上目遣《うわめづか》いにした。

「……二週間しかないんだぞ」

「イルタニアの王族が来る前に仕上げたい。そうでなければ、まだ準備に手間取っているのかと思われる。婚約式の四日前に到着《とうちゃく》する予定だから、十日だ。さらにカーティスの設置に一日。窯《かま》に火を入れる準備もあるし、もろもろ差し引くと実質の作業期間は、八日になる」

瞠目《どうもく》して押し黙《だま》るアンドリューに、ライナスは続けた。

「クーポラの高さを考慮《こうりょ》すれば、君のタペストリーほどの細やかな紋様は避《さ》けなくちゃいけない。遠目でははっきり見えないから、一つひとつを大きく絵付けする。ピースの数も少なめにすれば、できなくはない。紙とペンを」

アンドリューがそれを渡す。ライナスは自分の頭のなかに浮《う》かんでいるものを、さらさらとスケッチして見せた。

「円形の外枠《そとわく》に、御《み》言葉を装飾文字で刻む。御言葉の選択《せんたく》は君に任せる。そこは最後に手をつけるから、四日のうちに教えてもらいたい」

「そういったことはレイモンドの範疇《はんちゅう》だ。奴《やつ》に頼《たの》む」

「わかった。装飾文字を囲むように、薔薇《ばら》の蕾《つぼみ》と蔦《つた》をからめていくんだ。こんなふうに」

アンドリューの瞳《ひとみ》が輝《かがや》きはじめた。

「中央に二羽《わ》の鳩《はと》。その周囲に開ききった花びら……か」

その返答に、ライナスは口《くち》の端《はし》を上げた。しかし表情を曇《くも》らせたアンドリューは、視線を落として首を振《ふ》った。

「……どう考えても、お前一人では無理だろう。職人を集めたほうがいい」

「絵付けの技術に差があらわれるし、その手直しに時間が費《つい》やされる。だったらはじめから一人で創ったほうがむしろ早い」

苦悩《くのう》のすべてを打ち明けるように、アンドリューは低くうめく。

「……八日だぞ？　それができるのはどう考えても、魔術師ぐらいなものだ」

「忘れたのか」

ライナスはゆったりと笑って見せた。

「僕は魔術師だ」

その日の午後。仮眠《かみん》をとってから、芸術棟《とう》の全員が動きはじめた。

カーティスは設計図を手にして職人のもとへ向かい、レイモンドは国王陛下の了承《りょうしょう》を得るべく出て行った。アンドリューと残ったジルは、彼に連れられてはじめて、二階の西側にある奥まったドアの先に足を踏《ふ》み入れた。

広間と同じ吹《ふ》き抜《ぬ》けの空間だが、片側の壁《かべ》一面は煉瓦《れんが》造りで、パンを焼くような窯が設置されてある。縦長の大きな窓が連なる窓際《まどぎわ》に、長椅子とサイドテーブル、室内の中央には巨大《きょだい》なテーブルがあり、道具の揃《そろ》ったワゴンがそばにあった。

煉瓦壁の反対側に、通路から延びる階段が壁に沿っており、その下にはさまざまな色ガラスを保管した木箱が並んでいる。銀王宮のなかだとは思えない室内の床《ゆか》は、大理石ではなくテラコッタ。優雅《ゆうが》なアトリエというよりも、まるで職人が集《つど》う工房《こうぼう》だ。

眼下にはすでに、ライナスがいた。しかも、貴族に似つかわしくないラフなシャツとエプロン姿だ。袖《そで》をまくり上げたライナスは、慣れた手つきで窯に火をくべはじめる。その様子を、ジルはアンドリューとともに二階から見守った。

ジルが手摺《てす》りに手をかけたとき、ふいにアンドリューが言った。

「いったん決めたら、本当に早いな。こんなあいつは、ここへ来てはじめて見る」

「そうなんですか」

「陛下に頼まれた創作物でも、気乗りしなければいつまでも手をつけない。納得《なっとく》できなければ断ることもある。そうは見えないかもしれないが、こだわりだって人一倍ある。それなのに、俺の紋様でステンドグラスを創るだなんて、どうかしているとしか思えない。しかもあいつは五年間、ステンドグラスを創らなかったんだぞ」

　言葉をきったアンドリューは、ジルを横目にした。

「お前はあいつに、どんな魔法をかけたんだ。あいつがこんなことをするなんて、絶対にありえないことだ。正直、いまも信じられないでいる」

　ジルの頼みを、ライナスは了承してくれた。それはきっと、アンドリューや皆《みな》のことを思ったからだ。けっしてジルが、彼になにかしたわけじゃない。

「あなたが一年もかけたものを、あのままにはしておけないと言っていました。たぶん、だからだと思います」

　フッと鼻で笑ったアンドリューは、手摺りに腕《うで》をのせると頬杖《ほおづえ》をつく。

「まさか、それだけじゃないだろう」

　そうなのだろうか。ジルにはわからなかった。

　ガラスを引き抜いたライナスは、それをテーブルに置く。ジルは驚《おどろ》いた。ステンドグラスの創作方法は、知識として学んでいる最中だ。必要なはずの下絵も敷《し》かずに、いきなり創りはじめるつもりなのだろうか。

「下絵がありません」

「それはおそらく、あいつの頭のなかだ」

　ジルが目を見張っていると、アンドリューがささやいた。

「──魔術《まじゅつ》がはじまるぞ」

ダイヤカッターを手にしたライナスは、ガラスを見定めるかのようにテーブルの周囲をゆっくりと歩き、やがて立ち止まる。

そして、ガラスにカッターを入れた。

ステンドグラスには、いくつかの手法がある。

もっとも繊細《せんさい》で奥行きのあるものに仕上がるのが、絵付けの手法だ。

ピースに分けたガラスに、顔料をつけた筆で陰影《いんえい》や線を施《ほどこ》す。発色させるための液体を塗《ぬ》ってから、六百度近くの窯で数回焼き付ける。その後、仕上がって冷えたピースをコパーテープで溶着《ようちゃく》していくのだ。

直径二メートルのガラスを、どのようなピースに分けるか、ライナスの頭のなかではすでに出来上がっている。まだ学生だったころ、ステンドグラスの工房に出入りして覚えた手法は、五年のブランクをものともせずに、彼の身体《からだ》の奥にまで染《し》み込んでいた。

カットしたそれに、記憶《きおく》に刻んであるアンドリューの紋様《もんよう》をアレンジし、ひたすらに描《か》き込んでいく。無心になれる時間が訪《おとず》れて、自分が侯爵《こうしゃく》であることや、ここが王宮であることも、なにもかもを忘れていった――そのとき。

――ライナス、見て！　魔術師が生み出したものよ！

そう言って、小さな聖堂のステンドグラスを指さした彼女の声が、頭のなかに蘇《よみがえ》った。

幼なじみの彼女を喜ばせたくて、魔術師になると決めた。だから、婚約者《こんやく》となった彼女を失った五年前の春、抜け殻《がら》同然になり、創《つく》れなくなった。

代わりに絵画に手をつけても気に入らず、破り捨てたこともある。やっと描けるようになったとき、今度は山ほどの令嬢《れいじょう》が押し寄せて嫌気《いやけ》がさした。自分の内面や作品に惹《ひ》かれたのではなく、肩書《かたが》きや容姿に惹かれているだけだとわかっていたから。

いつも彼女と比べてしまう。君じゃない、君でもない。そのうちに、どうでもよくなった。

けれどはじめて、比べられない女の子に会ったのだ。

やがて日暮れが訪れて、気づけば室内に明かりが灯《とも》っている。窯に入れたガラスをたしかめるために立ち上がると、トレイにのった食事がサイドテーブルに置かれていた。

誰《だれ》に命じられたわけでもないのに、こちらの邪魔《じゃま》をせず、適切な距離《きょり》を置き、さりげなく手を差し伸べることを知っている。

こんなに長く勤められた助手はいない。手放せば後悔《こうかい》する予感がする。だから、彼女の嘘《うそ》を守りとおす、味方になると決めたのだ。けれど――。

（この予感は、なんだ？）

考えても、よくわからなかった。いったん手を止めて、軽く食事し、しばしの仮眠をとるために長椅子《ながいす》に横たわる。浅い眠《ねむ》りに落ちていく寸前、懐《なつ》かしい彼女の声が聞こえた気がした。

——孤独《こどく》なあなたなんて、見ていられないわ。

はっとしてまぶたを開ける。瞬間《しゅんかん》、食事を下げようとするジルが、視界に飛び込んだ。

「音をたてないようにしたのですが、起こしてしまってすみません」

「いや……違《ちが》うよ、そうじゃない」

ジルは控《ひか》えめに頭を下げ、トレイを手にして階段を上っていく。そのうしろ姿を見つめながら、ライナスは問いかけた。

(もしかして……君が会わせてくれたのか、クレア?)

答えが返ってくるわけもない。諦《あきら》めて息をつき、ふたたび目を閉じて少し眠った。

一時間後、まどろみから目覚めた。大きく伸びをしたライナスは、窯《かま》の状態を確認《かくにん》する。それから椅子に座り、熱が引いて仕上がったピースを、熱した細いコテで溶着していく。この瞬間が楽しかったことを思い出し、ライナスはそっと笑《え》んだ。

細やかに自分の指先が動くのが嬉《うれ》しい。一寸の狂《くる》いもなくおさまっていくピースが面白《おもしろ》い。ずっと忘れていた感覚が、生きているという喜びとともに、全身を包んでいった。

——先のことはわからないし、君を忘れるわけじゃない。でも、自分の感情に正直に、前に進んでみるよ。だから、心配しないでくれ。もう大丈夫《だいじょうぶ》だ。ありがとう。

ライナスは心のなかで、そう語りかけた。

自分の手から生まれる、色とりどりのガラスの世界に。


ステンドグラスを創り続けるライナスを、主《あるじ》たちは代わる代わる訪ねていた。見守ることしかできないとわかっていても、放《ほう》っておけないのだ。その一方で、ピースの数が増えて仕上がっていくのを目にする楽しみもあり、暇《ひま》さえあれば工房に足を運んでいた。

ライナスが工房にこもって、八日目。

ジルはいつものようにトレイに食事をのせて、工房に足を踏み入れた。

手摺りから見下ろしたとき、残り一ピースとなったステンドグラスをみとめて、一瞬立ちつくしてしまった。

(……わっ!)

昨日まではその全貌《ぜんぼう》を見せていなかったのに、絵付けしたピースを深夜のうちに、いっきに溶着したらしい。

短い休憩《きゅうけい》と睡眠《すいみん》を繰《く》り返し、集中し続けるライナスの体力は限界に近い。いまも長椅子に横たわり、顔を片肘《かたひじ》で覆《おお》って眠っていた。

静かに階段を下りたジルは、サイドテーブルにトレイを置き、完成目前のステンドグラスを間近にした。

中央には、愛らしくくちばしを寄せ合う二羽《わ》の白鳩《しろはと》。細やかに描《えが》かれた白薔薇《しろばら》の蕾《つぼみ》が、深い青緑色の蔦《つた》と葉を優美に絡《から》ませながら、白鳩に向かって咲《さ》き誇《ほこ》っていく。丁寧《ていねい》に塗り重ねられた陰影は、細やかなタペストリーの刺繍《ししゅう》を連想させた。それらを囲む外枠《そとわく》にあるのが、装飾《そうしょく》文字の御《み》言葉だ。

レイモンドの選んだ御言葉の一文字一文字が、丁寧かつ繊細に刻まれていた。一縷《いちる》の乱れも隙《すき》もなく、まるではじめから一枚のガラスだったかのように、すべてのピースがおさまっている。残るは円形の外枠、左下だけだ。

白を基調とした色合いに、緑の濃淡《のうたん》が美しい。アンドリューのタペストリーがガラスとなって、もうすぐ生まれ変わろうとしていた。

(なんてすごいの。言葉にならないわ……!)

その微細《びさい》さ、華麗《かれい》さに言葉を失っていると、アンドリューの言葉がジルの脳裏《のうり》に蘇った。

──魔術がはじまるぞ。

魔術師になりたかったと、ライナスは教えてくれた。眠る彼に毛布をかけたジルは、思わず感嘆《かんたん》の声を上げた。

「……あなたは間違いなく、魔術師よ」

女性言葉だと気づき、慌《あわ》ててライナスを覗《のぞ》き込む。大丈夫だ、眠っている。ホッとしたジルは、静かにその場を離《はな》れた。目を閉じたまま、口《くち》の端《はし》を上げたライナスに気づかずに。

その日の深夜。

工房《こうぼう》に入ったジルは、邪魔にならないようにしゃがみ込み、手摺《てす》りの隙間《すきま》からライナスの様子を見守っていた。しばらくすると、レイモンドが姿を見せる。眼下に視線を移すなり、

「……すごいですね」

そうささやき、眼鏡《めがね》の奥の眼差《まなざ》しを強くした。

「完成する場面が見られるとは、最高の贅沢《ぜいたく》です」

その言葉に、ジルの心もこれ以上ないほど高ぶった。ジルが思っていたことと、同じだったからだ。

装飾文字を綴《つづ》った最後のピースが、ライナスの手によって少しずつ溶着されていく。すると今度は、カーティスが入って来た。

「おお、仕上がりそうだな」

ワクワクしている顔つきで、二人の間に立つ。と、そこへアンドリューも来る。少し離れたところに立つと、自らの紋様がガラスとなって生まれ変わる様に、瞳《ひとみ》を輝《かがや》かせた。

「……すごいな」

一年もかけたタペストリーへの後悔を、彼がすべて拭《ぬぐ》い去ることはないとジルは思う。けれど、染《し》みのついたタペストリーを思い出すとき、いまこのときのことも同時に思い浮《う》かべてくれるはずだ。タペストリーを蘇らせるために、力を尽《つ》くした者たちがいたことを。

（……どうか、そうであってほしい）

ジルが密《ひそ》かに願った後で、アンドリューは手摺りから身を乗り出した。

「……あいつに、でかい借りができたな」

「私たちにもだろう」

カーティスがニッと笑う。照れくさげに鼻で笑ったアンドリューは、ジルを一瞥《いちべつ》した。

「お前にもな」

そう言われて、ジルははっとした。いつもバラバラだった主たちが、気づけばここに揃《そろ》っている。なんだか嬉しくなって、ジルはそっと笑んだ。

全員が見守るなか、眼下のライナスは一言もなくただひたすらに、全身の力をそそぎ込むかのように作業を続けていた。

もうすぐ完成する。手摺りを握《にぎ》り締《し》めたジルは、彼の姿を目に焼き付けた。

会うたびに感情が揺《ゆ》さぶられるから、主たちのなかで一番苦手な人だった。いまもそうだ。それなのに、こうしてそばにいられることを嬉しいと感じている。だから、戸惑《とまど》う。

（この気持ちはなに？　尊敬？　それとも、憧《あこが》れ？）

彼はこんな自分に興味を抱《いだ》いてくれた、はじめての人だ。ことあるごとに振《ふ》りまわされ、避《さ》けようとするジルにもおかまいなしで、容赦《ようしゃ》なく距離《きょり》を詰《つ》めてきた。生きているのだから感情を表に出してもいいのだと、そう言ってくれたのも彼しかいない。

いま気づいた。彼はいつだって、ジルが押し込めていたすべてのことを、解き放とうとしてくれていたのだ。

「最後のピースがはめ込まれます」

レイモンドが言う。華麗になぞられた装飾文字のピースが、一つの欠けもなく歪《ゆが》みもなく、はめ込まれた。直後――。


――わかって、しまった。


胸が震《ふる》えて、身動きができない。息をついたライナスが、ふと顔を上げる。彼と目が合った刹那《せつな》、ジルの鼓動《こどう》は大きく跳《は》ね上がった。

（うそ。どうしよう……）

この気持ちはたぶん、いや間違いなく――恋《こい》と呼べるものだ。

（まさか、私が？　ライナス様に？）

いつから？　わからない。いまから？　それは違《ちが》う。はじめてあの森の絵画を見たときからだろうか。いや、もしかしたら、エルシャム聖堂のステンドグラスを見たときからかもしれない。それとも、新聞の切り抜《ぬ》きを集めていたときから？

どうしようもない遊び人だと思っていたのに、実際の彼は違うとわかったときから？

（違うわ……きっと、あのときよ）

――ステンドグラスや絵画は僕の魔術《まじゅつ》だと、教えられたときからだ。

素敵《すてき》だと思い、惹《ひ》かれたのだ。そのことに気づきたくなくて、無意識のうちに蓋《ふた》をした。だって、恋をしたって報《むく》われるわけがないから。そう思うことが、癖《くせ》になっていたから。

けれど、いま。彼の生み出したステンドグラスを目に映して、ジルは思った。

彼は五年ものスランプから抜け出し、見事なステンドグラスを生み出した。それは彼にとって、勇気のいる挑戦《ちょうせん》だったはずだ。その挑戦に、彼は勝ったのだ。

（ライナス様は私の無茶《むちゃ》な提案に応《こた》えて、素晴《すば》らしいものを生み出してくれたのよ。私も彼のように、新しいことに挑戦すべきだわ。ううん、そうしてみたい）

家族を支えるために、ここへ来た。そのことを忘れてはいない。けれどこのとき、新たな思いが、ジルの胸にはっきりと沸《わ》き上がった。

教師の資格を得るための、この一年の間に、可能なかぎりの経験をしよう。銀王宮の主たちと一緒《いっしょ》に、この素晴らしい芸術のそばにいて、一生分の経験をするのだ。

だから、報われないからといって退くのはもう止《や》めよう。せめて、ここにいる間だけは。

――恋も、する。

男性のふりをしているのだから、どうにもならないのは承知のうえだ。それでも、田舎町《いなかまち》にいたときのことを思えば、信じられない展開だ。誰《だれ》かに恋をすることなんて、生涯《しょうがい》ないと思っていたのだから。

笑ったり泣いたり、怒《おこ》ったり哀《かな》しんだりもする。いままで我慢《がまん》していたことのすべてを、素《す》直《なお》になって解き放つのだ。

――いま、このときから。

そう思えたことに、心からの喜びを感じた。背筋を正して胸を張ったジルは、眼下のライナスに満面の笑《え》みを向けた。

「ライナス様、ありがとうございます！」

その晴れやかな声に、カーティスが続けた。

「侯爵殿《こうしゃくどの》、お疲《つか》れ！　後は任せろ」

「ああ、やりきった。しばらくはダメ人間になるけど、大目に見てくれ」

そう言ってくしゃりと笑ったライナスは、長椅子《ながいす》に腰《こし》を下ろすやいなや、倒《たお》れるように横たわって目を閉じた。

九日目の夜明け前。ライナスはそれから、ひたすら眠《ねむ》り続けた。

翌日の午後。カーティスの作業がはじまった。

仕上がったステンドグラスを運び、職人たちとクーポラに上がった彼の仕事を、ジルはアンドリューとレイモンドと一緒に、礼拝堂のなかから見守った。

祈《いの》るような思いで天窓を見上げていると、やがてガラスの外側に、ステンドグラスがぴたりとおさまる。直後、礼拝堂に差し込む日射《ひざ》しが、木漏《こ》れ日のように色づいた。

（……きれい……！）

光を受けてきらきらと輝く、純白の鳩《はと》と薔薇《ばら》。全体を彩《いろど》る青緑色の蔦《つた》は、風にそよぎそうなほどいきいきとし、外側を囲む装飾《そうしよく》文字を優《やさ》しく包み込んでいた。

ガラスが生み出すその可憐《かれん》さは、王女の姿そのものだとジルは感激した。

「素晴らしい……」

瞠目《どうもく》したレイモンドが、感嘆《かんたん》の声をもらす。

「……ああ」

アンドリューが吐息《といき》交じりの声音《こわね》を放った、その直後だ。

「さすがは〝幻想《げんそう》の守護者《マスター》〟。いや、魔術師の仕業《しわざ》であるな」

うしろで声がし、ジルはとっさに振り返った。

礼拝堂に入って来たのは、ブロンドの髪《かみ》を丁寧《ていねい》に撫《な》でつけた、五十代と思われる壮年《そうねん》の男性だ。エメラルド色の瞳を眩《まぶ》しげに細めると、目尻《めじり》に優しげな皺《しわ》が浮かんだ。勲章《くんしょう》が輝く煌《きら》びやかな白の正装と、赤いベルベットのマントが映《は》える。その装《よそお》いと王女殿下《でんか》の面影《おもかげ》を濃《こ》くしたお姿は、肖像画《しょうぞうが》でよく知っている。

(――国王陛下だわ!)

身を硬《かた》くするジルとは対照的に、二人は悠々《ゆうゆう》と落ち着いた態度でお辞儀《じぎ》した。ジルも彼らにならうと、微笑《ほほえ》んだ国王はアンドリューに言った。

「貴公のタペストリーの件は、すでに聞いている。私が目にする前に残念な結果となったが、しかし、素晴らしいものに昇華《しょうか》された。あの紋様《もんよう》はタペストリーと同じだとか。イルタニアの方々も、さぞかし喜ばれることだろう。両国の象徴《しょうちょう》を模した、素晴らしい紋様だ」

「はい。ロンウィザー侯爵ほか、芸術棟《とう》の全員に尽力《じんりょく》していただきました」

同意するようにうなずいた国王は、レイモンドに視線を移す。

「正直なところ、間に合うとは思えなかった。私にとっては賭《か》けだったのだが、アイリーンがどうしてもと聞かなくてな。それに、弁の立つ貴公に説得されて、見てみたいという欲求《よっきゅう》に抗《あらが》えなくなった。いまは了承《りょうしょう》してよかったと思っている。それで、そなたは?」

国王の視線がふいに向けられて、ジルは丁重《ていちょう》に頭を下げた。

「芸術棟の助手をしております、ジル・シルベスターと申します」

「ほう？　芸術棟の助手に会えたのははじめてだ。皆《みな》すぐに辞《や》めてしまうからな。なるほど、そなたがそうであるか。そうであれば、礼を言わねばなるまい」

ジルは目を丸くする。国王はいたずらっぽく笑んだ。

「ロンウィザー侯爵にステンドグラスを創《つく》らせたのは、そなただと聞いている。彼は私の願いであっても、引き受けないときもあるほどこだわりのある人物だ。その彼が他人の紋様でステンドグラスを創るなど、ありえないことだ。そのうえ工房《こうぼう》を使うことなく、スランプに苦しんでいたと聞いている。その彼の背中を、そなたが押してくれた。おかげでアイリーンは、あの美しいステンドグラスに祝福されて、他国に嫁《とつ》ぐことができる」

その祝福は、アンドリューの祝福だ。ジルの胸に熱い感情が込み上がった。

「もったいないお言葉、身に余る光栄です。ありがとうございます」

目を細めた国王は、眼差《まなざ》しを優しげに細めた。

「よき助手が見つかって喜ばしいことだ。大切にするのだぞ」

ジルははっとした。ここにいる二人に、まだ助手として認められてはいないのだ。彼らの答えが怖《こわ》くてうつむいた瞬間《しゅんかん》、アンドリューが言った。

「はい、そのつもりでおります」

びっくりしたジルは、顔を上げる。同時に、レイモンドと目が合った。

「まあ、彼以外にはもう現れないでしょうから、そうするしかないでしょうね」

(えっ！　もしかして私、認められたの？)

「あ、あの！　僕はこれからも、芸術棟にいてもいいんですか？」

思わず言ってしまった。アンドリューはフッと鼻で笑う。

「好きにしろと言ったはずだ」

「私の友人たちが寂《さみ》しがりますからね。もっとも、私は違いますが」

レイモンドは照れくさげにそっぽを向き、眼鏡《めがね》を押し上げる。国王はジルの苦労を察したらしく、ねぎらうようににっこりした。

(――嬉《うれ》しい！　助手として認められたのよ。まだここにいられるんだわ！)

「ありがとうございます！」

そう言ってジルが頭を下げたときだ。

「お父様一人で、ずるいではありませんか」

王女が礼拝堂に入って来た。身廊《しんろう》を歩き、アンドリューを見て足を止める。眩しげに目を細めたアンドリューが、小さく笑んで会釈《えしゃく》をすると、王女も笑みを返した。

こちらに近寄った王女は、天窓を見上げて瞳《ひとみ》を見開く。その顔に笑みが広がっていくのを、ジルは見守った。

「……なんて素晴《すば》らしいのでしょう……言葉になりません……！」

彼女の瞳に涙《なみだ》が浮《う》かんだ。その横顔を、アンドリューは瞬《まばた》きもせずに見つめていた。王女はゆっくりと、アンドリューに視線を移した。

「ありがとうございます、ベイフォード公爵。あなたのタペストリーは残念でしたが、同じ紋様のステンドグラスを見られて至福の極《きわ》みです。〝永遠の友人〟であるあなたの祝福に、心から感謝いたします」

スカートの裾《すそ》をつまみ上げた王女が、深くお辞儀した。アンドリューも胸に手を添《そ》える。

「どうぞ末永く、イルタニア王太子妃殿下《ひでんか》に、四大天使の祝福があらんことを」

微笑んだ王女の頬《ほお》に、涙がつたった。

「……感激の涙です」

涙を指先で拭《ぬぐ》った王女は、ありがとうございますとジルたちに言い残し、国王とともに礼拝堂を去った。姿勢を正して歩く王女のうしろ姿は、もう哀しげではなかった。覚悟《かくご》を決めたような、凜《りん》とした強さがあった。

アンドリューは王女の姿を見送ることなく、クーポラを見上げる。その横顔は、どこかさっぱりとして見えた。彼はいま、なにを思っているのだろう。ジルは同じ場にいるレイモンドに悟《さと》られないよう、言葉を選んだ。

「アンドリュー様、心残りはありませんか。その……タペストリーではないことについて」

タペストリーに王女殿下を重ねて問うと、小さく笑《え》んだアンドリューは、ステンドグラスを見上げながら答えた。

「ああ、これでいい」


工房の長椅子《ながいす》で、ライナスはまだ眠っていた。

その身体《からだ》に毛布をかけたジルは、あどけない表情で眠る彼を見つめる。ジルよりもずっと大人で、一途《いちず》に愛した女性がいた人だ。どうにもならないとわかっていても、気づいてしまった一方通行の想《おも》いは、ジルのなかで大きくなっていく。

彼のことが、もっと知りたい。そうするごとに、切なくなることがあるかもしれない。

(でも、その気持ちだって、私にとっては尊いものだわ)

きっと、得がたい宝物のような経験になる。密《ひそ》かな想いを胸に抱《いだ》いて、ジルは工房を出た。

目に映る景色のすべてが、ステンドグラスのようにきらきらと輝《かがや》いて見える。浮き立つ気分で芸術棟を出たジルは、背筋を正して回廊を歩いた。

今日も主《あるじ》たちの食事を、運ぶために。

終章　そして、銀王宮の日々は続く

レイモンドの奏《かな》でるパイプオルガンの音色が、白亜《はくあ》の礼拝堂に響《ひび》きわたった。

アンドリューの手がけた純白のドレスに身を包んだ王女が、イルタニア王太子とともに身廊を歩く。

王女が歩くたびに、幾重《いくえ》にも折り重なったレースが、赤い絨毯《じゅうたん》の上で優美に揺《ゆ》れた。

祭壇《さいだん》に近づいた二人に、天から柔《やわ》らかな光が降りそそぐ。天窓を彩《いろど》るステンドグラスを見上げた王女は、見開いた瞳に涙を浮かべて微笑んだ。理知的な面差《おもざ》しの王太子も目を細め、感嘆《かんたん》の息をつく。それを合図にしたかのように、その場にいるすべての者たちが、天窓を見上げた。

その様子に、ジルの左隣《ひだりどなり》に座っているカーティスが苦笑《くしょう》した。

「招待客の全員が、数分ごとにステンドグラスを見上げてうっとりしてるな」

そのステンドグラスは、婚約《こんやく》した二人とともに、イルタニアへ向かうことになっている。もう見られないかもしれないという希少さもあって、誰《だれ》もが目に焼き付けようとしているのだ。

しかし、ベンチの隅《すみ》に座っているアンドリューだけは、記憶《きおく》に刻もうとするかのように、王女から目をそらさない。と、ステンドグラスを上目遣《うわめづか》いにするやいなや腕《うで》を組み、隣《となり》のライナスにささやいた。

「イルタニアは天候が不安定で、曇《くも》りの日が多い国だ。それを考慮《こうりょ》すると、あの緑はもう少し明るめのほうがよかったかもしれない。そう思わないか」

ライナスはうなずいた。

「ああ、僕も思った。陛下が急遽《きゅうきょ》決めたことだからしかたがないけど、今後の参考にするしかないな」

ジルは目を丸くした。まさか、そんなことを考えていたとは！　びっくりしてあ然とするジルに、カーティスが耳打ちした。

「ジル。彼らをなんて言うか知ってるか」

「え？　ええと……〝四大守護者《マスターズ・オブ・アーツ》〟、ですよね」

「違《ちが》う。芸術バカだ」

「聞こえてるよ、カーティス」

ジルの右隣のライナスが、カーティスを横目にして笑った。その奥のアンドリューも失笑する。

「永遠に治らない病気の持ち主だ。お前もだろう、カーティス」

「否定はできない。あの聖卓《せいたく》の脚《あし》だけは、以前からどうしても気に入らない。もう少し曲線を目立たせたほうが美しいし、装飾《そうしょく》の余地がありまくりだ。なんとも悩《なや》ましい……！」

むむむとカーティスは顔をしかめた。その視線は王女たちではなく、聖卓にそそがれている。

ジルは呆気《あっけ》にとられながらも、三人に向かって思わず言ってしまった。

「皆《みな》さんのお気持ちはわかりましたが、いまだけはそのご病気を抑《おさ》えてください。目に焼き付けるべき光景は、ほかにもあります」

たしかに、とアンドリューがふたたび王女を見つめたとき、白鬚《しろひげ》をたくわえた大司教が祝福の言葉をのべた。

それは、レイモンドがステンドグラスに選んだ御《み》言葉と同じだった。

——永遠なる愛は光より生まれ
闇《やみ》をたえぬき光に還《かえ》る

婚約式を終えてすぐ、ジルはマダム・ヴェラのもとに急いだ。

例のごとくご令嬢《れいじょう》たちの突進《とっしん》からライナスを保護するため、今夜の舞踏《ぶとう》会も女装で参加する手はずになっていたからだ。

ジルが見事な変身をとげて銀王宮に戻《もど》ったのは、すでに舞踏会が開かれている時間になってからだった。

今日のカツラもコーラル・レッド。デコルテが控《ひか》えめな紺色《こんいろ》のドレスは、ジルの華奢《きゃしゃ》な腰《こし》まわりを魅力的《みりょく》にしてくれる、刺繍《ししゅう》入りのオーバースカートだ。

「すっかり遅《おそ》くなってしまったわ」

急いで箱馬車を降り、スカートの裾を持ち上げて芸術棟《とう》に急ぐ。

芸術棟の扉《とびら》を開けたジルは、息をきらしながらなかへ入った。同時に、大階段に座る夜の正装姿のライナスが視界に飛び込み、ジルは一瞬《いっしゅん》立ちすくんだ。

今夜の彼は、夜会のとき以上に素敵《すてき》だ。

「お……お待たせしてすみません。あの、皆さんは？」

胸がどうしようもなくときめいて、声が震《ふる》えた。腰を上げたライナスは、なにかを隠《かく》し持つかのように、右腕《みぎうで》を背中にまわした格好で下りて来た。

「舞踏場へ行ってるよ。ジル、左手を出して」

目前に立ったライナスが言う。ジルは不思議に思いながら、言われたとおりに左手を差し出した。その手首に、ライナスは隠し持っていたリストブーケをそっとくぐらせた。

手首に巻き付ける小さなブーケは、舞踏会に招待された紳士《しんし》が、今夜の正式なパートナーに贈《おく》るものだ。ジルは驚《おどろ》き、ライナスを見上げた。

「あ、あの！　どうしたんですか、これは……？」

コーラル・レッドの薔薇《ばら》の小さなブーケが、ジルの華奢な手首に咲《さ》いた。

「舞踏会のパートナーには、リストブーケを贈る慣わしだ。知ってるだろ?」

「し、知ってますが……」

リストブーケを贈られたのは、人生ではじめてだ。仕事とわかっていても、嬉《うれ》しさが込み上がってくる。夢のような喜びにいまにも泣いてしまいそうで、ジルは必死に涙《なみだ》を堪《こら》えた。

「あの、僕は男です。それに、これはお仕事です。なのに、わざわざこんな……」

ライナスは優《やさ》しく笑った。

「もちろん、君の仕事だ。でも、礼儀《れいぎ》は礼儀だ。僕はたいていのことに適当だけど、礼儀にはうるさい性分《しょうぶん》なんでね。さあ、行こう。きれいな助手を自慢《じまん》する時間だ」

ライナスが右手を差し出す。ジルはドキドキしながら、リストブーケが巻かれた左手を添《そ》えた。

舞踏場では、アンドリューが王女と踊《おど》っていた。

王女がくるりとまわるたびに、クロムイエローのシルクシャンタンが、シャンデリアの輝きを受けて星のようにまたたく。音楽にあわせてドレスの裾《すそ》が、風にそよぐ花びらのようにひるがえった。

アンドリューのエスコートで可憐《かれん》に踊る王女は、晴れやかに笑っていた。

永遠の友人として、立派に振《ふ》る舞《ま》う二人の姿に、ジルの胸は熱くなる。どんな想《おも》いを秘《ひ》めていようとも、彼らは一人の大人としてすべてをのみ込み、未来へ向かうことに決めたのだ。

──お互《たが》いに人知れず秘めやかに、あのステンドグラスにそう誓《ちか》って。

拍手《はくしゅ》とともに曲が終わり、向かい合った二人は距離《きょり》をとった。王女は王太子妃《ひ》らしくスカートの裾をつまみ上げ、アンドリューは一国の公爵《こうしゃく》らしくお辞儀《じぎ》する。そうして離《はな》れたアンドリューと入れ替《か》わるように、イルタニアの王太子が前に出た。

「行こう」

そう言ったライナスに手を引かれて、舞踏場の中央にジルが躍《おど》り出ると、煌《きら》びやかな人々の視線が集中した。夜会のときとは違う緊張《きんちょう》に襲《おそ》われて、ジルは固まった。

ずっと壁《かべ》の花だったのだ。ダンスは好きだし、遊び半分で妹と部屋で踊ることもあった。けれど華《はな》やかな場で、父親以外を相手に踊ったことは一度もない。

しかもここは銀王宮だ。きっと失態を見せてしまう。一歩、二歩と退きそうになった矢先、ライナスに強く手を握《にぎ》られた。

「どこへ行くんだ。ジル、僕を一人にしないでくれ」

冗談《じょうだん》めいた彼の言葉に、ジルは笑うどころか青ざめてしまった。

「す、すみません。僕はこういった場で親族以外と、ちゃんと踊ったことがないのです」

「それは君の過去だろう。いまからは怖《こわ》がらずに、ただ楽しめばいい」

軽妙《けいみょう》な音楽が流れる。向かい合った男女が輪になって、交互《こうご》にパートナーを替《か》えていく曲だ。

（……信じられない。お父様、お母様、ソフィ。私、壁の花じゃないわ！）

ぎこちない足取りで踊るジルの手を、ライナスは優しく取った。くるりとまわってステップを踏《ふ》み、お辞儀を交《か》わして次の相手に移る。

「どうした、ジル。美女姿のせいか、ぎこちないぞ！」

カーティスだ。大胆《だいたん》に踊るカーティスと向き合ったとたん、それにつられてジルの動きも弾《はず》んできた。

「しかし、見れば見るほどすごい変身ぶりだな。おかげでライナスも安心というわけだ。ほら、令嬢らがあんなに遠くで、ハンカチを握り締《し》めて見ているぞ。それに、いまライナスと踊っている令嬢も、お前の美貌《びぼう》に気が引けるのかおよび腰《ごし》だ」

「それも僕の、お仕事ですから」

ハハッ！とカーティスは声を上げて笑った。またお辞儀をして、相手が替わる。

「足を踏まないでくださいよ」

すまし顔のレイモンドのダンスには、無駄《むだ》がない。お手本そのままのなめらかな動きだ。

「そろそろ私の友人たちに、触《ふ》れる許可を出しましょう」

「えっ、いいんですか⁉」

レイモンドはフフンと笑い、かすかにうなずいた。なんとか彼の足を踏むことなく、次の相手に替わる。

「……まったく、自分の目を疑うしかない。お前がジルだと思いたくない」

アンドリューだ。背中を合わせてくるりと回転し、向き合ったとたんに彼はまじまじとジルを見下ろした。

「いいドレスだ」

「はい。マダム・ヴェラが選んでくれました」

アンドリューがジルの手を取る。ジルがくるんとまわり終えたときだ。

「俺はしばらくドレスを作らない。だが、腕《うで》が鈍《にぶ》るのは避《さ》けたい。だから、俺たちの助手にふさわしいお仕着せを、暇《ひま》つぶしにお前に作ってやる」

「――えっ！」

「お前に借りを作ったままにしたくはない。さっさと返してしまいたいだけだ」

ニヤリと笑《え》み、アンドリューはジルの手を放した。

「ありがとうございます。楽しみにしています！」

ジルがそう言った瞬間、相手が替わった。数人と踊って一周し、ライナスに戻る。拍手とともに曲が終わり、今度はワルツが流れはじめた。

「やっと君と、ちゃんと踊れる」

冗談だとわかっていても、嬉しさでジルは頬《ほお》をほころばせた。

「ええ」

押し込めていたすべてのものを解き放ち、新しい挑戦《ちょうせん》をすると決めたのだ。我慢《がまん》せずに、ジルは満面の笑みをライナスに向けた。そんなジルを、彼は眩《まぶ》しげに見つめてくる。

「君は最高の助手だ。それに、今夜のドレスもよく似合う。ジルは挑戦の一歩を踏み出した。素敵《すてき》だよ」

お世辞には謙遜《けんそん》ではなく、素直《すなお》な感謝を伝えよう。

「ありがとうございます。女装ですが、嬉しいです。あなたも、とても素敵です」

ジルの手を取ったライナスは、顔を近づけて笑った。

「いいね。君の素直な言葉を聞けて、満足だ。さあ、思いきり楽しもう。まだはじまったばかりだからね」

「はい！」

——まだはじまったばかり。

彼のその言葉に、ジルは笑顔でうなずいた。

明日になったら、また忙《いそが》しい一日がはじまる。新しいことを学び、知らないことを知り、個性豊かな四人の主《あるじ》たちのために、奔走《ほんそう》することになる。

この先になにがあろうとも、それはすべて素晴《すば》らしい経験になる。そのたびに一つひとつを乗り越《こ》えて、生まれ変わるのだ。

もしも立ち止まりそうになったら、今夜のことを思い出そうとジルは決意する。舞踏《ぶとう》場の中央でワルツを踊りながら、このリストブーケを宝物にして前に進もうと誓った。

ジルは新たな日々に胸を躍らせながら、この夜、軽《かろ》やかにステップを踏み続けた。

壁の花ではなく、舞踏会の花として。

あとがき

皆様《みなさま》、こんにちは。羽倉《はねくら》せいです。

『男装令嬢とふぞろいの主《あるじ》たち』を読んでくださり、ありがとうございます。

男装する女の子をいつか書いてみたい！　という思いを抱《いだ》き続けておりまして、やっと形にすることができました。癖《くせ》のある主たちに振《ふ》りまわされつつ、生真面目《きまじめ》に頑張《がんば》るジルの姿を少しでも楽しんでいただけましたら幸いです。

しかし、こうして書き上がったものをあらためて読み返しますと、けっしてホワイトじゃない職場具合に震《ふる》えます（いろんな意味で激務ですね……）。

カーティスには一刻も早く、せめてジルの部屋の例のドアに、鍵《かぎ》をつけてやってほしいところです。

では、以下謝辞を。

プロットからご苦労をおかけしました、一人目の担当様。二転三転していく内容に温かいアドバイスをくださり、ありがとうございました。そして、度重なる改稿《かいこう》におつきあいくださった、二人目の担当様。いつもながら、一人で作品を作っているわけではないのだなあと、励《はげ》まされてばかりです。これからも、どうぞよろしくお願いいたします。

さらに、素晴らしいイラストを描《か》いてくださいました、天野《あまの》ちぎり先生。先生にご担当いただけると知ったときには、夢じゃないかと自分を疑ってしまったほど歓喜《かんき》いたしました。数々の美麗《びれい》なイラストを、本当に本当にありがとうございました！

こうしてこの本を手に取り、読んでくださった読者の皆様。ジルたちのいる世界を、一緒《いっしょ》に遊んでくださいまして、ありがとうございます。重ねがさねになりますが、ほんの少しでも楽しんでいただけましたことを、心から願っております。

この本に携《たずさ》わってくださった、すべての方に心からの感謝を。

それでは、また。ふたたび皆様に会える日を、楽しみにしております！

羽倉せい

BEANS BUNKO

「男装令嬢とふぞろいの主たち」の感想をお寄せください。
おたよりのあて先
〒102-8078　東京都千代田区富士見1-8-19
株式会社KADOKAWA　角川ビーンズ文庫編集部気付
「羽倉せい」先生・「天野ちぎり」先生
また、編集部へのご意見ご希望は、同じ住所で「ビーンズ文庫編集部」
までお寄せください。

男装令嬢《だんそうれいじょう》とふぞろいの主《あるじ》たち

羽倉《はねくら》せい

角川ビーンズ文庫　BB100-5　20626

平成29年11月1日　初版発行

発行者――――三坂泰二
発　行――――株式会社KADOKAWA
〒102-8177　東京都千代田区富士見2-13-3
電話0570-002-301（ナビダイヤル）
印刷所――――旭印刷　製本所――BBC
装幀者――――micro fish

KADOKAWA　カスタマーサポート
［電話］0570-002-301（土日祝日を除く10時〜17時）
［WEB］http://www.kadokawa.co.jp/（「お問い合わせ」へお進みください）
※製造不良品につきましては上記窓口にて承ります。
※記述・収録内容を超えるご質問にはお答えできない場合があります。
※サポートは日本国内に限らせていただきます。

ISBN978-4-04-106284-5C0193 定価はカバーに表示してあります。

第17回
角川ビーンズ小説大賞
原稿募集中!
カクヨム
からも
応募できます!
ここが「作家」の第一歩!
18歳まで
応募できる!
「ジュニア部門」
はじめました!
賞金 大賞100万円
優秀賞30万
奨励賞20万 読者賞10万
締切 郵送▶2018年3月31日(当日消印有効)
WEB▶2018年3月31日(23:59まで)
発表 2018年9月発表(予定)
審査員 ビーンズ文庫編集部
応募の詳細はビーンズ文庫公式HPで随時お知らせします。
http://shoten.kadokawa.co.jp/beans/
イラスト/宮城とおこ